U0065902
這才是
真・正・的・我♥
YA〜〜〜！
雙手比YA！
神宮寺月乃
有著發情癖的三姊妹次女。只要一靠近天真，就會忍不住亢奮起來。未來的夢想是成為新娘。
就算是有點色色的
三姊妹，你也願意娶回家嗎？
Choppiri H na Sanshimai demo Oyomesan ni shitekuremasuka?
4

「天真學弟的怒罵聲讓人好舒服……！
我的耳朵被天真學弟的聲音侵犯了……」
神宮寺雪音
三姊妹當中的長女，超級被虐狂。可以將一切傷痛轉換成快感。想成為完美的新娘。

「花鈴挑選的衣服如何〜？
是不是非常有魅力？」
「往後我會更加毫無顧忌地
全力誘惑天真！」
神宮寺花鈴
三姊妹當中的暴露狂小妹。即使在RPG遊戲裡，當然也是零裝備派。想成為重要之人的新娘。

「我終究只是
妳們的假想丈夫。
……抱歉。」
一条天真
以臨時夫婿身分和神宮寺三姊妹同居的天才高中生。未來的夢想是組成一条內閣。

就算有點色色的，
你也願意

真的
要回家嗎？

choppiri H n… S…shimaidemo
Oyome…an ni
shitekur…masuka?
4

序章……010
第一章 三姊妹的祕密關係……013
第二章 變態們的約會招術……064
第三章 修羅場總是那麼性致高昂……127
第四章 告白要在煙火後……168
第五章 喜歡色色的新娘嗎？……228
尾聲……271
後記……282

就算是有點色色的
choppiri H na Sanshimai demo
Oyomesan ni
shitekuremasuka?
三姊妹，你也願意娶
回家嗎？
4
Kadokawa Fantastic Novels

序章

「喂、喂……怎麼回事……？這究竟……」

我盯著電腦的搜尋紀錄靜靜低喃。

螢幕上顯示著一串文字：「成為真正夫妻的方法」。雖然不知道是三姊妹當中的誰，又是基於什麼念頭，但確實有人搜尋了這串文字。

這……究竟是怎麼回事……？為什麼要搜尋這串文字……？

如果根據字面上的意義來解釋，應該是三姊妹當中的某人有了喜歡到想和他結婚的對象，於是上網查詢如何才能與對方結為連理。

不過，若是如此的話……是打算和誰結為夫妻呢……？

一想到這裡，搜尋字串中的「真正」兩個字，格外引起我的注意。對於因為工作所需而以「假想丈夫」身分和三姊妹同居的我來說，實在無法忽視這兩個字。

感覺有道冷汗沿著我的背脊滑落。

「該、該不會……」

這個……會是那樣嗎……？

三姊妹當中的某人喜歡我……？而且還是真心喜歡到想和我結婚的程度……

如果真是這樣，那麼究竟是誰？

會是花鈴嗎？還是月乃？又或者是雪音小姐？這三人當中的某人喜歡我……！

「不、不不不！絕對不可能！」

像是要打消自己的念頭似的，我刻意大聲否定。

三姊妹當中的某人喜歡我……？不，這怎麼可能嘛！雖然她們三人私底下的真面目都是大變態，卻都是足以撐起學校門面的美少女！萬人迷的她們，怎麼可能會喜歡上我這種貨色。

一定只是有人抱著好玩的心情，隨便搜尋一下而已。就只是腦袋偶然冒出這串文字，一時興起搜尋一下罷了。

沒錯，絕對只是這樣。根本沒有什麼特別意義。不可以把這種搜尋紀錄當一回事。

「不不不……這可一點都不好笑啊……」

我關閉瀏覽器，再把電腦關機。彷彿以為這麼做，就能逃避這個問題似的。有如放棄思考一般，牽強地單純以玩笑帶過。

「這一定不是真的……她們三人居然會看上我……」

我並不是什麼帥哥型男，而且也只是個唯有成績優秀這點可取的地獄窮鬼高中生。

三姊妹當中居然有人喜歡我，這簡直是天方夜譚。

不……壓根兒就不該發生。

我終究只是她們的「假想丈夫」。我的職責是和將來準備嫁入名門的她們同居，好讓她們習慣和男人相處罷了。肇先生之所以僱用我，目的僅是如此。而且還約法三章，絕對不能對三姊妹出手。

說什麼也不能違背和肇先生的約定……不能背叛他的信任。光是三姊妹的各種色誘花招，就已經夠讓我傷透腦筋了，我可不想讓問題變得更麻煩。

萬一三姊妹當中真的有人因為喜歡我而拒絕名門婚事，這個責任我可擔當不起……再說，要是真的發展到那一步，我百分之兩百會被炒魷魚。到時候繳不出房子的貸款，我們全家恐怕得流落街頭。無論是基於自己的立場，還是守護妹妹的決心，我都不能和三姊妹發展成戀愛關係。

……只是想歸想啦，反正三姊妹絕對不可能把我當成戀愛對象。

「不過……到底是誰搜尋的呢……？」

唯有這點讓我有些在意，不過就算我想破頭，還是沒有半點頭緒。

我決定別再繼續糾結下去，快步離開客廳。

第一章　三姊妹的祕密關係

早上醒來時，一睜開眼便看見一條內褲。

「咦……？」

那是一件有著蕾絲花紋的大紅內褲。布料面積明顯比一般內褲小，是件十分性感的V字褲。

面對如此異常的事態，我的睡意瞬間一掃而空。

「啊，學長，你終於起床啦？」

「花、花鈴……！」

花鈴爬上我的床，而且整個人跨坐在我頭上。

接著她撩起裙襬，對著我露出內褲。

「嘿嘿嘿～早安，天真學長。」

「我說妳啊……！到底在想什麼？一大清早的在胡鬧些什麼啊！」

「學長真是明知故問耶～當然是來叫你起床嘍！」

花鈴擺動腰肢，更加刻意地向我展現內褲。

「適度的刺激可以讓人神清氣爽地醒來喔。所以呀，請學長看著花鈴色色的模樣，讓腦袋完全清醒吧♪」

說完，花鈴將內褲進一步貼近至我的眼前，近到幾乎就快貼上了。

那件V字褲小到讓人不禁懷疑，是否真的有辦法遮住女性的重要部位。

只要布料稍微偏移一點，她的私處甚至就會立刻出來見客。

再加上由於距離實在太近了，蕾絲布料底下的美好風光也若隱若現。

「呀嗯……！天真學長正在用有色的眼光看著我……！學長正目不轉睛地盯著我的內褲看……！」

「喂，別亂說話，笨蛋！不要興奮起來啦！總之，請妳立刻離開我的床！」

「那怎麼行～除非學長甘願起床了，否則花鈴會一直露出內褲喔！」

「這種狀態下我最好起得來啦！我可是被妳壓在屁股下耶！」

「啊，說得也是……那就只好再繼續卿卿我我一下下嘍！」

「為什麼啊？只要妳立刻從我身上退開，不就萬事解決了！」

「因為難得有機會和學長黏在一起嘛！既然都這樣了，難道學長不會想進一步做點讓人臉紅心跳的事嗎？」

花鈴一隻手伸進裙子裡，接著勾住內褲緩緩往下拉——

「呼……呼……學長……！你可要看好了喔？多欣賞一下變態的花鈴吧……！」

「喂，等一下！拜託妳別鬧了！」

我急急忙忙地使勁翻起身。

怎料這麼一個動作，害得花鈴整個人倒在床上，內褲完全一覽無遺。

「啊唔！學長真霸道呢……♪該不會是心癢想襲擊花鈴了～？」

「鬼才會心癢啦！還有，妳快點起來啦！內褲又完全露出來了喔！」

真受不了她，一大早就給我找麻煩……我不由得深深嘆了口氣。

就在此時——

我感覺到半開的房門外傳來一道不知名的視線。

「——！」

我反射性地回過頭，然而門外空無一人。

……是、是我的錯覺嗎……？一定只是我多心吧……

花鈴剛才的色誘花招應該沒有被人看見吧……？應該不可能吧……

「嘿嘿嘿。早安，天真學長！」

另一方面，花鈴則是一無所知地起身整理好裙子後，綻開一抹燦爛如花的笑容。

「既然學長起床了，接下來想先做什麼呢？要先吃早餐？先洗澡？還是要先享用花鈴呢？」

「先享用花鈴是什麼鬼……簡直莫名其妙，是要享用什麼啦！」

「啊，學長很好奇嗎？那就實際演練一下吧！請享用♪」

花鈴這次改撩起上衣，對我露出胸部。

「結果是這個嗎！而且妳居然沒穿內衣！」

我立刻閉上眼，將花鈴的身影從視野中消除。

「啊哈☆學長竟然這麼想看花鈴的裸體，真是個大變態呢♪」

「明明是妳擅自露給我看的吧！話說，妳到底要露幾次才甘心啊！」

我邊是破口大罵，邊將花鈴的上衣拉回原位。

真是受夠了……這孩子難道是拿櫻花魚鬆粉充當腦漿嗎……？

而且總覺得她的情緒莫名高昂。早上總是起不來的她，常常都是死命賴在床上，直到有人去挖她起床為止。

「我說花鈴呀……妳今天怎麼那麼有精神啊……？」

「這還用問嗎？因為今天可是暑假第一天喲！」

喔喔，聽她這麼一說，我這才想起來。正如花鈴所言，青林高中從今天開始放暑假，所以我今天也睡得比較晚。

「這樣花鈴從今天起就能整天都和學長待在一起了！花鈴開心到都呼呼哈哈了！」

那是什麼日文？我還是第一次聽到耶。

「我今年夏天想和天真學長到處去玩！游泳池、海邊，還有夏日祭典……！光是想像就心癢難耐起來……！」

不是，妳那形容詞很怪吧？妳是打算在海邊玩什麼把戲啊？要是妳敢一邊大喊：

「這裡是天體沙灘！」一邊突然脫光光，我真的會報警喔？

「話說我還是第一次知道有這些行程……」

「咦～？有什麼關係～就和花鈴去約會嘛～」

「說什麼約會……就不能正常地說想一起出去玩嗎……」

扮演她們的假想丈夫確實是我的工作，但我終究不是她們真正的戀人。過度親暱總是不太好。

「好啦、好啦，何必計較這些小事。誰教花鈴最喜歡學長了嘛！」

花鈴投給我一記戲弄般的笑容，半開玩笑地說。

「妳啊……！別那麼隨便地說出喜歡這種話啦……」

「啊，學長是在害羞嗎～？你的臉很紅喔？真可愛呢♪」

而後，她朝我靠過來，伸出雙臂緊緊環住我。

「這也是新娘修行的一環呀～來嘛，學長也跟我說你喜歡我吧～」

「我、我才不會說咧！」

「哈哈哈！學長又在害羞了～♪」

這傢伙……雖然不知道究竟是怎麼回事，但花鈴正火力全開地向我撒嬌……她將頭靠在我的肩膀，任性般地賴著不肯起來……

不過話又說回來……花鈴的這種態度並不是現在才開始的。

仔細回想起來，就在校慶當天……從我發現那條搜尋紀錄的那一天起，就覺得花鈴似乎變得比以前更愛向我撒嬌。

當然有可能只是我想太多，也或許只是因為我看過那條紀錄，才會反應過度。不過花鈴的撒嬌方式，已經激烈到會讓人誤以為她是真的對我抱有對於異性的那種好感。總是一副理所當然似的黏過來，三不五時地說她喜歡我，或是反過來逼我說喜歡她……

該不會那條紀錄是花鈴搜尋的……？難道花鈴真的對我心動了？我不由得這麼想。

「學長、學長——快點來吃早餐吧～不介意的話，我可以好心看你換衣服喔！被人看見自己只穿一件內褲的模樣，可是非常讓人興奮的喔！」

「只有妳才會興奮啦！拜託妳快回去自己的房間啦！」

不不不，別胡思亂想了。我之前不是才決定別去在意那條紀錄了嗎？

我硬是揮開腦海中的疑惑。

接著用力拉開黏在我身上的花鈴，把她趕回自己的房間。

※

把花鈴趕回房間後，我接著換好衣服，走到一樓準備吃早餐。

到了一樓，就看見月乃正坐在客廳的沙發上。她把教科書和筆記本攤開擺在桌子上，看來應該是在邊聽電視邊用功吧。

「嗨，月乃。早安。」

我只不過是開口打聲招呼，月乃便嚇了好大一跳地回頭看向我。

「天、天真……早安……」

雖然月乃回應的態度並不算差，但總覺得有點冷淡。之後，她略顯侷促地埋頭寫起筆記。

差點忘了……最近樣子不太對勁的不只是花鈴，另外還有月乃。

儘管月乃不會再像之前一樣明顯躲著我，但每次面對我時，言行舉止總會有些不太自然……也已經很少會咄咄逼人地指著我的鼻子罵……而且每當我一靠近，都會隱約感覺到她的雙頰開始泛紅……

那種態度簡直就像是面對喜歡的人時，內心緊張不已的少女一般——

……醒醒啊，我這個白痴！怎麼又冒出這種活像滿腦子都是戀愛的傢伙才會有的念頭……！我到底是有多在意那條搜尋紀錄啊……

沒錯，這一切只不過是我太自作多情了。三姊妹當中最討厭我的月乃，怎麼可能對我抱有那種情愫。

不然乾脆試著由我主動多拋點話題給她。要是月乃對我沒有特別的意思，應該能以平常心跟我交談才對。

「欸，月乃。妳在念書嗎？現在正在念哪一科啊？」

「咦？」

「那、那個……我在念數學……」

我說完後，月乃再次停下手邊的動作回過頭。

「喔——數學嗎？不過我記得月乃是文組吧？數學應該念得很痛苦吧？」

「的確……出乎意料地難，真的滿頭大的……」

很好、很好。姑且還是可以很平常地進行對話。既然如此，就再試著進一步拉近距

離吧。

「如果不嫌棄的話，我來教妳吧！會比妳一個人苦讀有效率喔！」

「咦……？不、不用了！我自己念就可以了。」

「不必跟我客氣。別看我這樣，我成績可是很好的，一定可以幫到妳。」

「啊，不行！不要靠近我——」

我走到月乃身邊坐下，隨即——

「唔……！」

只見月乃的臉頰瞬間轉紅。

然後呼吸也開始變得急促起來。

「嗯……啊啊……呼——……呼——……！」

「咦……？」

注意到月乃的變化後，我當場僵住。

接著她冷不防地解開POLO衫的鈕子，隨之暴露出來的粉紅色胸罩幾乎快要包覆不住她那形狀姣好的雙峰。

咦……？這個情況該不會是……發情了？

「不行了……！色色的慾火被點燃了……」

「唔啊啊啊啊啊啊！」

喂，等一下！這也太奇怪了吧？怎麼會突然說發情就發情？

我根本連碰都還沒碰到她耶？就只是稍微靠近她而已！

之前的月乃再怎麼變態，也不至於會因為稍微靠近一點就發情。這種情況實在太異常了！

「呼——……呼——……！我的身體好熱喔……！」

月乃流洩出心焦難耐的喘息，緩緩地朝我逼近。

「嗯嗯……！啊啊……！我好想要天真喔……！」

「喂、喂，月乃——！」

她伸手繞過我的脖子緊緊環住，並將臉埋進我的胸膛，同時重重地粗喘著。

「吁——……哈——……！天真的味道好棒喔……！腦袋開始變得昏昏沉沉的……」

我低頭一看，只見月乃露出一臉恍惚的神情，滿臉通紅得幾乎快要燒起來。那春情蕩漾的表情，明顯已經完全發情了。

「吶，天真……快點給我嘛……？讓我好好品嘗天真的一切吧？」

「——唔！」

月乃閉上雙眼，鮮紅欲滴的嘴唇慢慢貼近我的臉頰。

喂、喂……！她想做什麼……？該不會……！

繼續這麼下去可不妙！這麼想的我，在千鈞一髮之際猛然退開。接著我急忙脫下襯衫，蓋在月乃的臉上。

「噫呀！」

她當場發出一聲驚呼。然而——

「啊嗯……！天真的味道……讓人心跳加速呢……！」

下一秒，她便緊緊抱住我的衣服，發出甜膩的高亢嬌吟。

「呼……呼……好險……」

就在月乃全心全意地意淫著襯衫時，我剛好趁機與她拉開距離。這下暫且可以鬆一口氣了。

不過月乃這傢伙……剛才居然真的打算親吻我……

儘管月乃至今已經發情過無數次，但這還是她第一次做出那樣的舉動。那種行為顯然並不只是單純想要發洩性慾，而是進一步索求著愛情……

「難道……那條搜尋紀錄果然是……」

不、不會的……絕對不可能……月乃怎麼可能會認真搜尋那串文字……

沒錯。一切只是巧合罷了。月乃之所以會冷不防地發情，以及居然想親吻我，絕對都只是巧合，然後各種巧合又恰好撞在一起而已；去糾結這種事根本沒有意義。

「眼前更重要的是，得想辦法解決正在發情的月乃才行……」

要是讓她繼續以這種狀態待在客廳，一定會被其他兩人撞見。

我帶著正心醉神迷地聞著襯衫味道的月乃回去她的房間。

「……咦？」

半路上，我又再次感覺到某人的視線。

※

費了好大一番工夫，總算讓月乃恢復理智後，我再次來到一樓，準備張羅早餐。

一走進廚房，就看到雪音小姐已經在裡頭大展廚藝。

「啊，雪音小姐，早餐我來煮就好——」

當我開口叫她時——

這才發現她正戴著耳機聽東西。

我走近她的身邊，便隱約可以聽見從耳機傳出來的聲音。

『「妳真的是不折不扣的變態耶！」「拜託妳趕快改掉被虐狂性癖啦！」「能不能

別再鬧了！」』

聲音斷斷續續，但總覺得那個聲音很耳熟。

……倒不如說，那不是我的聲音嗎？

那應該是我開口阻止雪音小姐變態行為的聲音吧？

『「我才不需要妳雞婆服侍我！」「妳究竟有多淫蕩啊——！」』

「哈啊……哈啊……天真學弟的怒罵聲讓人好舒服……！我的耳朵被天真學弟的聲音侵犯了……！」

雪音小姐聽著我的聲音，聽著聽著，臉頰開始泛起嫣然紅暈。她夾緊大腿，心癢難耐似的扭動身體。

很顯然地，她正因為我的怒罵聲而感到亢奮。

「啊啊啊……！天真學弟……！再多蹂躪我一點吧！儘管更加毫不在意地痛罵變態、好色又淫蕩的我吧！」

「不不不不不！妳聽這什麼鬼東西啦——！」

我再也看不下去，伸手扯掉雪音小姐的耳機。

雪音小姐嚇了一大跳地轉身看向我。

「啊，天真學弟！你什麼時候來的？」

「這句話應該是我要問妳的才對！剛才那些聲音，妳是什麼時候錄的？我可不記得有被錄音這回事！」

我語氣凌厲地詢問。

只見雪音小姐從我臉上別開視線，心虛地回答：

「呃、呃，那個……我想說只要錄下天真學弟的怒罵聲，就能隨時隨地拿來發情了……於是趁著交談時，偷偷錄下來……」

真的假的，我完全沒注意到……這個人未免也太異想天開了……

「那個……對不起，沒經過你的同意就這麼做。為了向你賠罪，請你懲罰我吧！」

雪音小姐轉過身，把渾圓的豐臀頂向我。

肉感十足的翹臀飽滿而充滿彈力。大概是因為裙子太短了吧，底下的黑色蕾絲內褲完全一覽無遺。接著她像是在引誘我似的，俏皮地擺動起屁股。

「請打我的屁股當作懲罰吧！盡情拍打我羞羞臉的屁股吧！」

「不了，我才不會那麼做。再說了，那根本不能算是懲罰。因為打妳只會讓妳更亢奮而已。」

「咦……？你怎麼會知道？」

當然是因為我已經領教過妳那與生俱來的被虐狂本性了啊……真是的，簡直傻眼到讓人無言……

我邊想邊忍不住嘆出一口氣時……突然傳來一聲「喀答」的不明聲響。

「咦……？」

有人在嗎？我疑惑地轉頭望向客廳，卻沒看到半個人影。

究竟是怎麼回事……？總覺得今天一直感覺到奇怪的氣息……

「天真學弟……？怎麼了嗎？」

「啊，沒事……沒什麼。」

雪音小姐維持著對我撅起屁股的姿勢詢問。拜託妳快點站好啦。

「話說回來！如果妳真的有意接受懲罰，就把偷錄的聲音刪掉！唯有這件事，我實在無法睜一隻眼閉一隻眼。」

「怎、怎麼這樣……虧我蒐集了那麼多耶……」

大概是真的很不捨吧，她一臉沮喪地緊盯著錄音機。

然而隨即眼神一亮。

「啊，不然這樣吧！我會使出各種花招服務你，相對地，你就別跟我計較錄音的事情了！」

「喂，什麼服務啊，妳想做什麼！」

雪音小姐二話不說地一把抱住我，豐滿的胸部緊緊貼在我身上。

「好乖、好乖——天真學弟真是個好孩子～你可以大摸特摸我的胸部喔～」

無比碩大的飽滿肉彈，柔軟得會讓人深陷其中而難以自拔。我沉溺在那誘人的觸感之中，任由雪音小姐溫柔地撫摸我的後腦勺。由於實在舒服得令人不禁屏息，害我差點又要被她牽著鼻子走。

所幸，我急忙從雪音小姐身邊退開。

「拜託妳別再鬧了！我真的會生氣喔！」

「嘿嘿嘿～何必跟我客氣呢？你可以儘管向我撒嬌沒關係喔？」

雪音露出一臉彷彿包容萬物般充滿慈愛的表情。

「不過相對地，那些錄音就歸我所有喔！我還沒享受夠呢♪」

「喂，妳是打算怎麼享受？妳想用我的聲音做什麼？」

「這個嘛，要做什麼呢～？可能是非常羞羞臉的事喔？」

她半帶玩笑地投給我一記游刃有餘的笑容。

可惡的雪音小姐……又來平常那招，老是故弄玄虛地敷衍我。

話說回來……不同於另外兩人，雪音小姐倒是非常始終如一……雖然這樣也是個大問題啦，但她依舊一如往常地變態加三級。不過光是可以不必過度提防她，還是讓我輕鬆不少。

「總之請妳別再胡鬧了，先去坐一下。早餐我來煮就好。」

我為了完成一開始前來廚房的目的，將雪音小姐趕到客廳去。

「咦？可是做飯是我的工作呀……？」

「至少暑假的這段期間，妳就好好休息啦。偶爾也交給我來張羅吧！」

雪音小姐總是比任何人都早起，煮飯、洗衣服全是由她一手包辦。總覺得自己也應該偶爾出點力，才不會遭天譴。

「可、可是……天真會很累吧……」

「不必擔心我。我之前不是也說過，未來一定會成為妳的支柱。」

校慶那天，我已經和因為太過努力而累倒的雪音小姐約定好了。這麼做除了是想避免對她造成更大的負擔，同時也是為了多少改善她過去因操勞而覺醒的被虐狂性癖。

「所以，妳就儘管向我撒嬌吧，這樣才不枉費我特地陪在妳身邊呀。」

我綻開個人最大限度的笑容，讓雪音小姐不好再推拒。

就在此時——

「啊唔……！」

雪音小姐突然漲紅了雙頰。

直到剛才都還游刃有餘的表情消失無蹤，突然變成溫順靦腆的模樣。

「咦、咦……？妳怎麼了？雪音小姐……」

「沒、沒有……！真的什麼事……也沒有……」

雪音小姐顯得有些難為情地靦腆一笑。而後，或許只是無意識的動作吧，她伸手握住戴在脖子上的項鍊。那是我在校慶當天送給她的手工貓咪項鍊。

※

代替雪音小姐煮好早餐，我和三姊妹一起圍著餐桌用餐。

之後，我獨自留在客廳陷入沉思。

「大家果然都不太對勁……」

果然花鈴、月乃和雪音小姐對我的態度都變了。從校慶結束當天起——從我發現那條搜尋紀錄那天起。

花鈴變得動不動就愛黏著我；月乃越來越常因為我稍微靠近一點，便克制不住地差點發情。至於雪音小姐則是偶爾在我面前時，會害羞得滿臉通紅，而且片刻不離身地戴著我送給她的項鍊。

包括剛才吃早餐時，三姊妹的反常態度同樣表現得非常明顯。撒嬌著央求我餵她的花鈴；一看到我，呼吸就隱約開始急促起來的月乃；以及平時總是一副從容不迫的態度，卻只是因為筷子稍微碰到一下，便異常害羞的雪音小姐。

這種情況簡直就好像她們三人都對我抱有好感似的——

「不、不對……！那是不可能的！」

我用力甩甩頭。

儘管從剛才開始，我便不斷地再三否定這道想法，但由於那條搜尋紀錄的關係，果然還是會不由自主地浮現出奇怪的想像。

「唉……明明不應該這樣的……」

我的立場終究只是假想丈夫。要是她們對我抱有過度好感，這可不是個好現象；當然，我也絕對不能喜歡上三姊妹。

與其因為太過在意她們而自尋煩惱，還不如把時間拿來履行自己的工作。為了讓三姊妹成為出色的新娘嫁入名門，我必須好好協助她們才行。

同時也是為了順利還清債務，讓葵能夠過上好日子……

「沒錯……現在可沒時間裹足不前了。」

即使她們三人當中真的有人對我有好感，我也只須專注在自己的工作就好。

為此，當務之急就是得設法改善三姊妹的性癖。與其浪費時間胡思亂想，應該擬訂必要的計畫才對。

沒錯，就這麼辦。別把那條搜尋紀錄放在心上，現在就來重新思考，接下來該怎麼解決她們的性癖吧。

我下定好決心後，便準備回到自己的房間。

此時，放在桌上的手機震動起來。看了一眼螢幕，發現上頭顯示著「神宮寺肇」四個字。

「什……！」

出奇不意的來電，讓我的心臟漏跳了一拍。

我急忙拿起手機按下通話鍵。

「喂，您好！我是一条！」

「嗨，天真同學，好久不見。你應該還記得我吧？」

這道散發著威嚴的聲音，絕對錯不了的。他正是三姊妹的父親，同時也是我的雇主肇先生。

「當、當然了……我怎麼可能會忘記您呢……」

「哈哈，那就好。因為我最近一直沒回家，好擔心女兒們會不會已經忘記我這個爸爸了。」

肇先生用著爽朗的口氣開起玩笑。

我卻因為好久沒接到雇主的電話，手一直不停顫抖。

「請、請問……今天打電話給我，是有什麼事嗎……？」

「喔喔，對對對。是這樣的，我有件事想拜託你。」

說到這裡，肇先生先是停頓了一下，接著靜靜地拋出一句：

「我等一下會回家一趟，你幫我把女兒們集合起來。」

※

「啊，爸爸，歡迎回家。」

「爸爸，歡迎回家。真是難得呢，居然會一大早回來。」

「爸爸，真的好久不見呢！」

「哈哈哈，我回來了，我可愛的寶貝女兒們。才一陣子沒見，妳們居然變得這麼亭亭玉立。」

肇先生回家後，便把我和三姊妹全叫到客廳來。

我和三姊妹並排而坐，肇先生則是坐在我們對面。

話說回來……像這樣與雇主見面果然很緊張……何況我手上還握有絕不能讓他知曉的三姊妹們的祕密，更是加劇了我的緊張感。

「不過今天有什麼事嗎？特地把我們集合起來。」

雪音小姐問完後，肇先生動作有些浮誇地用力點頭。

「嗯！其實是對妳們來說有件好事。為了親口告訴妳們，我才會停下工作回來。」

如此說道的肇先生，視線依序掃過三姊妹。

「雪音、月乃還有花鈴，有人向妳們提親喔。」

「「「咦……？」」」

肇先生雲淡風清地投下一記震撼彈，三姊妹全都當場僵住。

「對象分別是笹野家的長男、冰室家的長男，以及西園寺家的次男。不用說，他們全都是有頭有臉的名門。這可是千載難逢的好機會喔。」

「「「…………」」」

面對泰然說道的肇先生，三姊妹們一句話也說不出來。

「這三門婚事都是對方主動上門提出來的。之前雙方就一直有在討論，現在總算八字有了一撇。啊，對了、對了，他們的照片——」

「等……等一下，爸爸！」

三人當中最先發難的是月乃。她大力地拍桌站起身。

「突然跟我說這些，根本是在為難我！想也知道我怎麼可能會接受吧！」

「就、就是呀！應該提早一點說才對吧！」

「我、我也覺得……事情太突然了，害我有點錯愕……」

緊接在月乃之後，花鈴和雪音小姐也出聲抗議。然而——

「事情太突然？才沒這回事。既然妳們身為神宮寺家的千金，嫁入名門只是遲早的事。這一點，妳們應該也很清楚才對。況且我就是為此，才會特地僱用天真同學和妳們同居呀。」

「就、就算是這樣……我們可都還是學生喔！現在就談婚事，未免也……」

「這點不成問題，女孩子十六歲就能結婚了。雖然花鈴才十五歲，但早一點決定好對象，也不是什麼壞事吧？」

不管三姊妹怎麼提出反駁，肇先生始終維持著一號表情，不慍不火地一一駁回。

「的確，我也明白突然跟妳們說這些，妳們一定會感到非常無措。但這都是為了神宮寺家——同時也是為了妳們好。為了讓妳們得到幸福，我當然也有澈底調查前來提親的對象。我就是判斷這幾位對象沒有問題，才會決定介紹給妳們。還是說，妳們不相信我嗎？」

「並、並不是那樣……」

「既然如此，爸爸希望妳們可以接受。儘管放心吧，作為妳們的父親，爸爸保證一定會促成這件事。」

「「「…………」」」

三姊妹們再次陷入沉默。肇先生不容反駁的溫柔，讓她們只能把話全吞了回去。另一方面或許也是因為突然聽到這件事，一時間衝擊太大了吧。

老實說，就連我也非常震驚。我當然很清楚三姊妹遲早都會嫁入名門，但沒想到會這麼突然……

不……總覺得這下事情變得很不妙……

因為她們三姊妹合起來，完全就是被虐狂、暴露狂和發情癖的變態群星大會串啊。要是貿然讓變態三姊妹和相親對象見面，不知道會捅出什麼大婁子。

例如月乃對著相親對象發情、花鈴沒穿內褲到會場、雪音小姐被問到興趣是什麼時直接回答「龜甲縛♪」等，未來想像圖彷彿就在眼前啊！

可惡……！我原本的計畫是要在三姊妹出嫁前，循序漸進地一步步矯正她們的性癖，萬萬沒想到這麼快就有人來提親了！啊～真是夠了！這下該怎麼辦才好？

不過……這畢竟是值得欣喜的好事嘛……

突然聽到相親的事，月乃她們或許會感到無所適從，但為了她們的將來著想，此時還是應該祝福她們才對。畢竟肇先生閱人無數，相親對象肯定也是經過他精挑細選出來的。如果能和父親認同的對象結為連理，她們的未來絕對等同於一片光明吧。

而且……這或許也是個好機會，可以讓我重新認清自己的立場。

無論如何，我都不該喜歡上三姊妹，也不該是三姊妹心動的對象。說到底，我終究只是為了讓三姊妹風光出嫁的道具罷了。

「順道一提，雙方會面的時間暫時訂在三個星期後。為此，我想交待天真同學一件工作。」

「咦……？交待我……？」

突然被叫到名字，我嚇了一跳。

「別擔心，和你至今為止的工作內容沒什麼兩樣……我希望你能在相親當天以前，好好教導女兒——可以討男人歡心的言行舉止。」

討男人歡心的言行舉止……

「跟你一起生活的這段期間，我想女兒們應該已經很習慣怎麼和男人相處。所以，接下來要請你站在年輕男性的立場，教教她們什麼樣的言行舉止才能取得相親對象的好感。至於該怎麼教嘛……例如可以一起進行模擬約會，天真同學就在過程中教導她們。這樣未來真的和相親對象單獨外出時，她們才不會不知所措。」

「是、是……」

講白一點，就是要我教三姊妹「攻陷男人的偷心技巧」吧？

至今為止的主要工作是和三姊妹假扮夫妻一起同居，好讓她們習慣和男性生活在一個屋簷下。

然而這次則是必須更進一步……不只要讓她們習慣和男生相處，還得教導她們實際面對男生時應該採取的言行舉止。對三姊妹而言，是更加具體的實地練習。

「另外，等婚事談得差不多了，你和我家女兒們的同居生活也就到此結束。不過你不必擔心錢的事。一旦婚事正式談定，當初說好的一年合約期間內應該支付給你的薪水，我也會一口氣全數付清。」

「真、真的嗎……！」

這實在是非常吸引人的提議……！目前肇先生每個月會付我高達百萬的薪水。此外他也答應我，只要我確實完成工作，就會幫忙還清我家的債務。

如果可以一次拿到這麼一大筆收入，我家就能鹹魚翻身，一口氣脫離貧窮生活。到時不僅能減輕一年三百六十五天都在工作的母親的負擔，我也不必再擔心家計，可以專心讀書了。

更重要的是，葵一定也會很高興吧。

「所以，希望你能心無旁騖地全力投入這次的工作。如何？你願意協助我嗎？」

肇先生詢問我。

同一時間，三姊妹也不約而同地看向我。她們的眼神充滿徬徨，隱約夾帶著求救般的無助。看來她們對於突如其來的婚事，真的感到很無措吧。

不過，這應該是天大的好事。不光只是對我來說，對三姊妹而言同樣也是能夠邁向更好人生的大好機會。

儘管性癖的事確實讓人很不安，但也不能因此推掉這種好事。

再說，我畢竟只是領人薪水的，總不能違抗雇主的意思。

因此——

「我明白了，交給我吧！」

我深深地低下頭。

※

開什麼玩笑……怎麼可以這樣……！

看著點頭的天真和爸爸，我不由得握緊雙拳。

爸爸是腦袋有問題嗎！還想說他怎麼會突然回家，居然擅自替我談好婚事……！說什麼雙方談很久了，我可是從來都沒聽說過這種事啊！而且正常來說不是應該先問本人的意見才對嗎？

天真也一樣……！居然那麼爽快地答應爸爸……！就算我和其他怪咖男結婚也沒關係嗎……？

不過……對他而言，這畢竟是工作，不敢反抗也無可厚非啦……

「……可是我絕對不要……」

我用著就連坐在兩旁的花鈴和雪姊也聽不見的音量，小聲地吐露心聲。

我才不要去相親。居然要我去和不知長得是圓是扁的男生見面，甚至還得嫁給他……！我絕對無法忍受。就算是為了守住這個家而不得不為，我還是不想接受這樣的婚姻。

因為這麼一來……我就永遠無法和天真交往了。不僅如此，就連現在的同居生活也會結束。

既然無論如何都得結婚，當然還是嫁給自己喜歡的人最好……除了天真以外，我誰都不想嫁！

如果真的喜歡天真，現在再不立刻採取行動，恐怕就沒機會了……！可是，我又能對天真做什麼……？告白嗎？老實說，我真的沒有勇氣……

再說花鈴對天真抱有好感，我也已經答應花鈴一定會替她加油。然而我要是向天真表白自己的心意，就等於背叛了花鈴。

此外，雪姊很可能也和花鈴有著同樣的想法。雖然是不小心撞見的，但是剛才雪姊和天真在廚房時，兩人看起來非常恩愛……而且——雪姊還像是惡作劇似的，把屁股對著天真……我當時因為太過震驚而立刻逃開了，所以也有可能只是我眼花也說不定……

至於花鈴，總覺得她最近黏天真黏得越來越緊了——或許在我不知道的時候，她們兩人當中的其中一人已經開始和天真交往了……

一想到這裡，我不禁感到非常害怕……我必須替花鈴加油——明明一開始就下定決心，自己絕不會喜歡上天真的……

然而現在我卻喜歡天真喜歡到無法自制。甚至就連要去確認兩人之間的關係，我都不敢。

但另一方面又無法不去在意，自己的心儀對象和姊妹們究竟進展到哪一步……
當爸爸正口沫橫飛地詳細說明相親的事時，我滿腦子只想著這些事。

※

相親嗎……我在心底嘆了一口氣。
早就知道這一天遲早會來臨。只是萬萬沒想到，我們明明都還在念書，居然就已經開始談婚事了……
我身為神宮寺家的長女，必須負起對這個家應盡的責任。而且這次的相親對於神宮寺家而言是非常重要的大事，所以我也會確實完成自己的職責。
可是，我的心裡有一道遺憾。那個遺憾理所當然是指天真學弟。
我喜歡上天真學弟，而且這份情愫一天比一天更加濃烈。我原本只想把這份心意默默藏在心底就好，最終卻還是難以克制地滿溢出來。明明也想像過去一樣，用平常的態度面對天真；然而僅只是被他稍微溫柔地對待，就讓我當場臉紅到連自己都能察覺。
儘管如此，我還是不得不放棄他。因為我身為神宮寺家的長女，必須克盡自己的職責才行……

……老實說，難免還是有點難過……

總覺得眼頭有些發熱。不過不行，不可以哭，因為我是長女。不要再多愁善感了，必須以身作則地為這個家奉獻犧牲才行。

相對地，至少在婚事定下來之前，讓我盡情享受和天真學弟的生活吧。而且為了訓練，還能和天真學弟一起約會，我想趁著同居生活結束之前，和他創造出許多回憶。

可是……

如果我和天真學弟在一起，會不會造成花鈴和月乃的困擾呢？她們兩人最近似乎和天真學弟走得很近……

我今天就看到花鈴和天真學弟在床上打打鬧鬧的。雖然只是從半開的門扉稍微瞄了一眼，不過兩人看起來非常要好，簡直就像一對情侶。而且花鈴似乎還對著天真學弟露出內褲……

不僅如此，月乃和花鈴跟天真學弟在一起時，臉上的表情明顯很不一樣。總是掛著大大的笑容，而且神采奕奕，該怎麼說呢……總覺得表情變得很少女。和當初我們剛認識天真學弟的時候相比，兩人現在更加活潑開朗。

該不會……她們其實也很喜歡天真學弟……也或者根本已經在交往了。

一想到這裡，胸口不禁隱隱作痛。

※

什麼相親嘛……我絕對不會同意的……！

儘管沒有直接說出口，不過我打從一開始，就完全不打算乖乖聽爸爸的話。因為我喜歡的人是天真學長，我不可能和學長以外的人結婚。就算學長決定照著爸爸的交待完成工作，我也絕對不會屈服。

既然如此……唯一的辦法就只能趕在婚事談定之前成功攻陷學長了！

一定還有機會。再說距離相親當天還有一點時間，而且照爸爸剛才所說的，接下來還可以和學長一起進行模擬約會。只要趁著約會時迷倒學長，在相親之前正式開始交往就好了。

如此一來，爸爸應該也不會有意見才對。不，我才不會讓爸爸提出任何意見。就算是為了神宮寺家，也不應該硬生生地拆散兩情相悅的情侶嘛！

為了能和天真學長永遠在一起，我一定要攻陷學長，親手讓這段戀情開花結果。

不能再像之前那樣悠哉。再不加快行動，恐怕再也沒機會和學長成為戀人了。

可是……這麼一來，心底總有個疙瘩讓我耿耿於懷。

那就是——天真學長和姊姊們的關係。

姊姊們一定也喜歡天真學長吧。至少在我看來，絕對錯不了。

而且總覺得最近天真學長和姊姊們的感情實在好過頭了。我還看到學長在家時，有時會和其中一位姊姊像是躲起來似的偷偷獨處……

就好比剛才也是，我不小心偷窺到天真學長和月乃姊在客廳裡緊緊依偎在一起的模樣。因為當時兩人立刻離開了客廳，所以無法仔細確認，但果然怎麼想都很不尋常。

不僅如此，月乃姊她……或許只是我的錯覺，但她似乎滿臉通紅地聞著學長襯衫的味道……

學長會不會正和其中一位姊姊在交往呢……兩人或許正背著花鈴偷偷打情罵俏也說不定。

看來……有必要打探一下才行。要是姊姊們真的瞞著我和學長交往，我絕對不會坐視不管。花鈴說什麼也要親眼確認！

※

結束了和肇先生的談話後，我回到自己的房間，趴在書桌上。

「接下來……我該怎麼做才好呢……」

讓我大傷腦筋的當然是剛才肇先生委託我的事。

「和三姊妹模擬約會……真的能順利進行嗎……？」

她們各自都擁有棘手的祕密。一個是被虐狂，一個是暴露狂，還有一個是發情癖。

要是和有著變態嗜好的她們去約會，用膝蓋想也知道過程中她們一定又會對我發動色色PLAY。畢竟她們每次只要和我在一起時，就會立刻又是發情、又是脫衣服，不然就是千方百計地想要服侍我……

而且，萬一她們在街上發作起來——最糟的情況就是我們全員都會被當場逮捕。

既然知道她們有在外面從事變態行為的危險性，一想到要進行模擬約會就好害怕。

話雖如此，性癖這種事也不是一朝一夕就能戒掉的。畢竟有著至今為止的血淚經驗為鑒，這點我是再清楚不過的了。

要是能想出什麼好辦法，讓她們至少可以在模擬約會時抑制性癖就好了；只是真的會有這樣的辦法嗎……

儘管也很擔心她們三人會在相親對象面前暴露性癖；但是眼前迫在眉睫的大問題，還是該怎麼和她們進行模擬約會，並且教導她們討男人歡心的技巧。

「嗯～……到底該怎麼做，才能完成工作呢……」

我不由得仰天長嘆，抱頭苦思。

就在此時，「叩叩」的敲門聲響起。

『天真學長～可以打擾一下嗎～？』

「花、花鈴嗎……進來吧。」

『謝謝學長！打擾了～！』

房門打開，花鈴搖曳著一頭短髮走進房內。

我還在想她來找我有什麼事時，她立刻率先開口說：

「學長，抱歉喔，突然來找你。其實是因為我有事想跟學長說……」

「有事……？該不會又要我協助妳畫色情漫畫吧……」

「啊，不是的。不是那方面的事……」

花鈴出聲否定，支支吾吾地猶豫起來。

不過下一秒又筆直地看著我的雙眼詢問：

「學長……你現在有交往的對象嗎……？」

「啥……？」

出乎預料的問題，害我一時之間無法理解她究竟想問我什麼。

我還沒回過神，花鈴又再次一臉認真地追問：

「學長有沒有喜歡的女生，或是交往的對象……？」

「沒、沒有……我怎麼可能會有那種對象。為什麼要問這些……？」

「因為學長……最近似乎和姊姊她們處得很好……所以花鈴才想說，你們該不會其實正在交往……」

「什……！那怎麼可能！我終究只是假想丈夫，除此之外什麼也不是！」

「這、這樣啊……那就好……」

花鈴「呼……」地吁了一口氣，看起來就好像放下心中大石似的。

喂、喂……花鈴這傢伙是怎麼了……

她之所以會問我這種問題……而且那麼露骨地對我的回答感到安心……

該不會是指那個意思吧……？花鈴真的對我——

「可是……既然如此，為什麼學長會和月乃姊在客廳裡卿卿我我的呢？」

「唔啊！」

她該不會看見了吧？就在不久之前，月乃在客廳對著我發情的那一幕……！

我準備把月乃帶回房間時察覺到的那道視線，原來就是花鈴嗎！

「雖然我只是從走廊稍微瞄了一眼，但剛才月乃姊和學長有一瞬間看起來似乎正抱在一起……如果不是在交往的話，為什麼會有那種舉動？一般來說，既然沒有交往，根本不可能抱在一起才對吧？」

「那、那是因為……」

糟糕……因為否定了兩人正在交往，結果情況變得更加啟人疑竇了。再這麼下去，

月乃的性癖很可能會被花鈴知道。

不，等等！應該還能蒙混過去。幸好只有撞見我和月乃抱在一起而已。既然花鈴是

站在走廊上看到的，那麼月乃向我露出胸部的那一幕，應該會被死角擋住看不見才對。

只要她的那些猥褻發言沒有被聽見，那就還有轉圜餘地。

「呃、呃……剛才那也是新娘修行的一環。為了讓月乃習慣和男生相處……」

「因為是新娘修行的一環，所以月乃姊才會聞學長襯衫的味道嗎……？」

「唔啊！」

沒救了——！那一幕被看到了——！決定性的發情場面被看到了——！

「學長的反應……！剛才我其實也沒有看得很清楚，原本還想說或許只是看錯了，

看來是真的有聞吧……？學長果然很可疑……」

慘了慘了慘了！由於我一時動搖，又更加深了花鈴的疑惑！

話說，花鈴根本沒資格指責我吧！妳還不老是藉著新娘修行的名義，做出一堆很糟

糕的事！還不分場合地大露特露！

「新娘修行根本都是假的吧？為什麼要說謊？」

「呃，那個嘛……」

「既然會不惜說謊，該不會……你是想隱瞞些什麼吧？姊姊和學長之間，究竟有什麼祕密？」

「！」

這傢伙還真是意外地敏銳！居然戳中了最要命的痛處！

「哪、哪有……妳在說什麼啊……？哪裡會有什麼祕密……？」

我不能老老實實地說出雪音小姐和月乃的性癖，於是先顧左右而言他地設法搪塞過去。只是，這招對花鈴顯然不管用。

「真的嗎……？真可疑耶……學長應該隱瞞了什麼吧……？」

「不不不，真的沒有！都是妳自己在胡思亂想而已啦！」

「你騙人！花鈴其實都知道喔？知道學長和姊姊之間藏有某種祕密！你究竟在隱瞞些什麼？」

正確來說，我和花鈴之間同樣也藏有和另外兩人差不多的祕密……

然而花鈴似乎壓根兒都沒想過自己的姊姊居然會是變態，還沒有發現這件事實。

雖說如此，既然她都已經如此起疑了，哪天真的被她發現也不奇怪！

「莫非學長……正偷偷地和姊姊們在交往？」

「不，怎麼可能！絕對沒有！妳到底怎麼會想到那裡去啦！」

「既然如此，那就告訴我你究竟在隱瞞些什麼！那是難以對花鈴啟齒的事嗎？」

「啊～真是的！就說了什麼事也沒有！妳就那麼不相信我嗎！」

「那是劈腿渣男的招牌臺詞喔！完全讓人無法相信！」

「不要把我和那種傢伙相提並論！別再鬧了，快點出去！我還有很多事要忙！」

「啊，等等！你幹嘛啦，學長！死都不肯說就表示，你果然和姊姊在交往──」

我使出強硬手段把花鈴推出房外，無視她的抗議一把將門關上。

「呼……呼……累死我了……」

話說回來……真的嚇死我了……沒想到會被花鈴察覺到祕密……

話說這個情況實在不太妙吧……？雖然我當下硬是把花鈴趕了出去，但是完全沒有解開她的疑惑……

花鈴一定還會繼續設法打探我和另外兩人的關係吧……？到時候月乃的發情癖很可能就會曝光。

必須在那之前設法安撫花鈴才行……得讓她相信真的沒有什麼祕密──

就在我這麼想時，再度傳來敲門聲。

「！」

我超級狼狽地嚇得整個人跳了起來，還以為花鈴又來了——

『吶，天真。你現在有空嗎？』

那個聲音的主人是月乃。

「月、月乃嗎……？沒關係，進來吧……」

我說完後，月乃隨著一聲「打擾了」走進房內。

「抱歉，突然過來。你在忙嗎？」

「還、還好……無妨。不過真難得耶……月乃居然會主動來找我……」

由於有著發情癖的關係，月乃很少會主動接近男生。而且不久之前還十分露骨地避免與我接觸，這樣的機會可說是十分難得。

「嗯，因為有點事情想問天真。」

「咦……？」

問我……？會是什麼事……？總覺得有種不祥的預感——

「吶，天真。你是不是正和花鈴或雪姊在交往呢？」

「噗唔！」

我因為太過驚訝，將肺部裡的空氣全都吐了出來。

這、這傢伙居然和花鈴問了同樣的問題……！

究竟是怎麼回事？為什麼她們兩人會突然不約而同地問我同一件事？

「天真……最近和她們兩人的感情，似乎比以前更好了吧？花鈴老是跟前跟後地黏著你，雪姊最近也越來越常依賴你……所以我在猜，你是不是正和其中一人交往……」

「沒有，我們沒在交往——！我可是受僱於肇先生而住在這裡喔！做出那種事會被炒魷魚吧？」

「你這麼說雖然沒錯……但是偷偷交往之類的……」

「沒有沒有沒有！絕對沒有！我可以對天發誓，我還是單身！」

如果是三姊妹的裸體，我確實看過，但唯有開始交往這檔事，保證絕對沒有——！

「那麼，你現在真的沒有交往的對象嗎……？真的是真的嗎……？」

「就說了是真的啦！不要讓我一再重覆！」

「這、這樣啊……那就好……」

月乃也和剛才的花鈴一樣，大大地鬆了一口氣。

喂喂喂，那是什麼反應啊……為什麼連她都露出一臉卸下心中大石的表情——

「咦……？可是，那樣也太奇怪了吧？如果沒有交往，為什麼剛才你和雪姊會在廚房裡打情罵俏呢？而且雪姊不是還把屁股對著你嗎……？」

呀啊————————！偏偏那一幕被撞個正著————————！

剛才和雪音小姐的互動，居然被月乃抓包了嗎！原來當時聽到的聲響，就是她發出來的嗎！

「如果是情侶也就算了……既然沒在交往，為什麼雪姊會做出那種舉動……再說，那究竟是在做什麼……？為什麼雪姊會把屁股對著天真……？」

「那、那是因為……！」

我拚了命地想要胡謅個藉口出來，但一時之間說不出半句話。

原本想和剛才一樣，直接回答她是「新娘修行的一環」就好，但天底下有哪種新娘修行會要求女生把屁股對著男生……

「……抱歉，我實在不太方便說……」

結果我只能這麼回答。

「什、什麼意思……？總覺得非常可疑喔……！」

模稜兩可的否定，結果更加增添了月乃的疑惑。話又說回來，這下到底該怎麼蒙混過去才好！

「我說天真……你該不會隱瞞了什麼吧？一定有什麼重大的祕密吧……」

啊——真是夠了！連她都開始起疑了——！應該誇讚她們真不虧是姊妹嗎？思考迴

路完全和花鈴同個模式！

「哪有，什麼事也沒有呀！妳在說什麼祕密？根本是妳想太多了吧！」

「可是天真和我之間不是也藏有祕密嗎？就是發情癖的事嘛……所以呀，你和雪姊她們是不是也共同隱瞞了什麼？」

危險！月乃稍微嗅出端倪了！她就快要打開真相之門了！

現在就算只能暫時虛張聲勢地唬住她也無所謂！總之必須先設法敷衍過去才行！

「那怎麼可能啦！再說了，妳認為雪音小姐和花鈴也像妳一樣擁有發情癖嗎？那麼溫柔的姊姊和天真無邪的妹妹在妳眼中看來，有可能會是變態嗎？」

「對、對不起喔，我就是變態啦！可是就算不是像我這樣的祕密，也有可能是其他事情呀！」

「就說了沒有啦！天地可鑒！妳疑心病太重了！」

「該不會你和雪姊正偷偷交往吧？還是說，其實是和花鈴！」

「就跟妳說了我們沒有在交往啦！」

再繼續這麼下去，只會被月乃無限鬼打牆般地逼問！必須強制中斷這個話題才行！

「好了，妳問夠了吧！就算妳再問一百次，我的答案也一樣！算我求妳了，快點出去啦！」

「什麼嘛！你想逃避嗎？等等，天真──」

我把月乃趕出房外，接著毫不客氣地關上門。

儘管她暫且持續發出抗議，還不斷「咚咚咚」地敲打房門，最終大概是放棄了吧，終於離開門前。

唉……她們到底是怎樣……居然跑來問我同一件事……害我真的差點嚇破膽……還好最後都勉強脫身……

不，等等喔……？該不會接下來……！

『天真學弟，可以打擾一下嗎？』

唔哇啊啊啊啊啊啊啊！果然來了──！

雪音小姐的聲音伴著敲門聲同時響起。她果然如我所料地出現了！妳們三姊妹是不是事先講好了？

「請、請進……有什麼事嗎……？」

雖然很想裝死不予理會，但又不好意思無視她。最後敵不過良心的譴責，我還是開了門。

「抱歉，天真學弟，突然打擾你。其實是因為有事想問你……天真是不是跟月乃或花鈴在交往呢？」

果不其然，內容和剛才一模一樣——！和另外兩人的問題如出一轍——！

「不，那個……我們沒有在交往……」

「那麼……為什麼你會和花鈴在床上打打鬧鬧呢？我早上想去叫天真學弟起床時，不小心撞見花鈴向天真學弟露出內褲……」

啊啊啊啊！就連那一幕也被看見了嗎！這麼說來，當時確實感覺到了視線！

「既然沒有在交往，為什麼會像那樣打情罵俏……？果然是為了新娘修行嗎？還是有其他特別的理由……」

「不不不！什麼事也沒有！請別在意那種事！恕我失陪了！」

「啊，天真學弟！等一下——」

要是繼續聊下去，百分之兩百會發展成剛才的情況。

想到這點，我決定趁著被雪音小姐揪住辮子之前，強行關上房門。

只是剛才那種結束話題的方式，很可能會更加啟人疑竇……很明顯就是在隱瞞些什麼……虧我聰明一世，居然因為一時心急而搞砸了……

話說三姊妹的行動完全露餡了！她們的變態行為分別都被另一個人撞見了！

不，等等，仔細想想也是當然的……

既然同住一個屋簷下，互相撞見彼此的變態PLAY也沒什麼好奇怪的。倒不如說至今完全沒被拆穿，反而才是奇蹟。

不過，這下就必須比之前更加小心謹慎才行。如果三姊妹繼續對我或其他姊妹猜疑下去，只會增加性癖曝光的風險。唯有這一點，說什麼都要阻止才行……

只是……光是肇先生交待的工作就已經夠讓我煩惱了，沒想到事情變得更加麻煩。

總之，現在只能祈禱三姊妹不要互相打探口風才好……

※

然而這渺小的心願卻被無情地打破。

「…………」

「…………」

「…………」

這下情況變得非常棘手……

我坐在客廳沙發上看電視，同時感覺背脊冷汗直流。

三道視線投射在我的身上。

花鈴坐在餐廳的椅子上，從背後注視我；月乃正站在走廊上偷偷窺探；至於雪音小姐則是在廚房裡一邊張羅晚餐，一邊時不時地悄悄打探我。

三姊妹有如互相牽制一般，顧守在我的四周。

喂喂，現在是怎樣？她們這是在幹嘛？

看來應該是三姊妹跟我聊過之後，得知另外兩位姊妹分別也和我擁有共同的祕密，所以非常好奇究竟會是什麼祕密。她們懷疑我可能正和其他人交往，也或者藏著比交往更加驚人的祕密，因此想確認清楚的樣子。

結果便是三姊妹各個緊迫盯人地監視我，還企圖揭穿彼此的祕密。

「唉……」

我忍不住深深嘆了口氣。

真心拜託她們饒了我吧……這種情況害我完全無法放鬆耶。拜託趕快停止啦。

我姑且有試著向她們各別喊話「不要懷疑家人」、「真的沒有什麼祕密啦」，企圖想要粉飾太平，可惜一點效果也沒有。似乎誰都不打算相信我那毫無根據的否定。我就那麼沒有信用嗎……？

莫、莫名覺得喉嚨好渴。我伸手拿起杯子，但裡頭早已空空如也。

「啊，天真學弟，你想喝茶嗎？我現在就泡給你喔。」

雪音小姐一眼便看穿我的舉動，走向我準備接過杯子。

接著——

「啊！要喝茶的話，我來泡就好！我剛好也想喝！」

「不不不！這次就交給花鈴吧！我偶爾也想幫忙一下！」

月乃和花鈴爭先恐後地奔向我，搶著要拿走我的杯子。

「喂、喂，住手啦！妳們三個！我自己去泡就好！」

我逃也似的遠離她們的身邊，急忙走向冰箱。接著拿起瓶裝茶倒好後，再次回到客廳的沙發坐下。

三姊妹當然也各自回到自己原本的位子。

真是夠了……從剛才開始就一直是這樣……只要三姊妹當中的某人想要靠近我，另外兩人就會搶先一步阻止。或許是因為一心認定絕對有什麼祕密，才會不希望另外兩人和我有所接觸。

話說為什麼她們會這麼在意彼此的祕密呢……果然是不希望姊妹之間有所隱瞞嗎？還是說……其實三姊妹都喜歡我，擔心自己心儀的對象會和其他姊妹交往……

不不不不不！這根本是自我感覺良好過頭了！

我究竟要對那條搜尋紀錄耿耿於懷到什麼時候……快點醒醒吧，趕快忘記那些可笑的念頭吧……

「不過還真沒想到她們三人的疑心病會這麼重耶……」

必須儘早解決這個情況才行。要是她們繼續像這樣互相警戒，各自的祕密早晚都會被其他姊妹知道。

所幸從早上到現在為止，都沒人對我發動色誘攻擊。正因為在場眾人的一舉一動都受到彼此監視，所以每個人也都不敢輕舉妄動。

再不久太陽就要下山了，居然能夠這麼久都不必被迫看到她們的內衣褲，這應該是我住進這個家以來頭一遭。只有這點算是唯一的安慰。

話說先等一下……？這種情況或許反而才更應該慶幸吧……

因為當她們三人互相監視時，誰都無法再像過去一樣色誘我。換句話說，在進行肇先生交待的模擬約會時，她們同樣無法從事變態行為。

如果是現在，或許就能正常地和變態三姊妹模擬約會……不必擔心會被警察逮捕，可以在外面大方約會！

既然如此，繼續放任現在這種情況反而更好。至於該怎麼消弭三姊妹的猜疑，就等之後再來想吧。

總之，現在先完成肇先生交待的工作比較重要！

既然已經有了底，那就必須趕快採取行動。

我唐突地從沙發站起，接著三姊妹的視線全都往我身上聚來。

我提高語調地向她們宣布：

「喂，各位！事不宜遲，明天就來進行模擬約會吧！」

第二章 變態們的約會招術

隔天，我們四人立刻相約一起外出，準備進行模擬約會。

這次我們來到的是位於都心的觀光景點。這個區域的周圍一帶網羅了動物園、電影院、水族館以及購物商場等各式各樣的娛樂設施。由於能夠體驗五花八門的約會情境，可以說是模擬約會的最佳地點。

也因為剛好正值暑假，放眼望去可以發現許多學生情侶。

「很好！那麼事不宜遲，我現在就開始傳授妳們該如何討男生歡心！」

在四周情侶的包圍之下，我開口向三姊妹精神喊話。

昨天晚上，我還特地為此熬夜蒐集相關知識……趁著三人沒辦法進行變態行為時，趕快速戰速決地完成工作吧！

「呵呵……就讓我盡情享受和天真學弟的約會吧……！」

「我必須……好好監視天真和其他兩人才行……」

「攻陷男生的方法嗎……似乎也能用來誘惑學長呢。不管學長和姊姊們之間藏有什麼祕密，反正先下手為強就對了……」

三姊妹嘀嘀咕咕地不知在碎唸些什麼。雖然不太清楚原因，但她們各個似乎幹勁十足。或許是已經做好覺悟，決定負起身為神宮寺家女兒的責任接受相親了吧。

若是如此，我也必須全力以赴才行……！我的教導將會決定相親的成敗與否。一想到這裡，就覺得責任重大。

我進一步燃起滿滿的幹勁，為了實踐昨天晚上擬好的模擬約會計畫，帶著三姊妹前往第一個目的地。

※

我選擇的第一個約會情境是動物園約會。

「哇——！好久沒來這種地方了！」

「還記得小學時，我們常常背著大人跑來這裡玩呢。」

「沒錯、沒錯！另外好像也去了天文館吧？」

進到園區後，三姊妹和樂融融地聊了開來。

只是果不其然，她們依舊把我團團圍住，如同昨天一樣互相牽制。

如果是平常這個時候，不是花鈴會向我露出內褲，就是雪音小姐會服侍我，但現在她們倒是都很安分。三個人大概都把心思集中在監視其他姊妹了吧。

而且由於其他姊妹的視線隨時緊盯著我不放，在這樣的情況下，她們當然也就不可能做出什麼變態行為。

完全正中我的下懷，這下應該可以不必在意她們的性癖，順利進行模擬約會了。

我帶著三姊妹站到路旁，開始進行教學。

「好……那麼在實際開始逛動物園之前，我先來教妳們一些基本常識。首先是比起攻陷男生的技巧，在約會過程中最起碼應該注意到的幾件事情。」

「是！請學長不吝指教！」

花鈴幹勁十足地回答，三姊妹全專心注視著我。

「第一，約會時必須多加留意的，其實是走路方式。光從這個小細節就能決定妳在別人眼中，會不會是個好女人。」

根據昨天調查的資料顯示，雖然大多女性對於約會時的穿著打扮非常講究，但是就連儀態都很注重的女性卻少之又少。

然而實際上，儀態端莊的女性在男人眼中相當具有魅力，甚至會覺得很性感。

因此，必須確實教導三姊妹這一點才行。

「首先是儀態，身體記得要站直，稍微挺胸，下頷最好往內縮一點。再來就是最重要的走路方式，重心要擺在後方而不是前方，行走時背部要拉直。如果彎腰駝背，男生看了絕對會謝謝再聯絡。只要能做到這一點，給人的印象就會完全不同。」

她們三姊妹原本就長得很漂亮。要是連這種小細節都能顧慮周全，照理說絕對可以大大加分。

「原來如此……這確實是盲點呢……」

「哦……意外地長了知識……」

「尤其動物園又是必須一直走路的地方。接下來就邊逛園區邊練習，希望妳們都能保持我剛才所說的儀態。」

只要能保持端莊儀態逛完動物園或主題公園，應該就算澈底學會了吧。

「另外說到討男人歡心的技巧，首先就是肢體接觸。例如叫對方時，可以輕拉襯衫的衣襬。即使兩人的關係還沒進展到牽手的程度，依舊可以利用這一招不著痕跡地碰觸對方，算是最入門的肢體接觸。」

雖然正確來說，碰觸到的並不是身體，而只是衣服罷了。但這種程度的話，反而會給人內斂、可愛的感覺。好比小動物一般的柔弱印象。

「原來如此。真的受益良多！」

「嗯嗯嗯，這招的確派得上用場。」

雪音小姐和花鈴點頭說道。

接著兩人立刻拉住我的衣襬。

「……喂，妳們兩個，不必強行實踐也可以啦。只要在腦海裡有個印象就好……」

「那怎麼行，畢竟這也是新娘修行的一環呀！」

「沒錯、沒錯。難得天真學長也在，當然要靠著身體力行來學習。」

兩人動作十分可愛地輕輕拉了拉我的衣襬。

也是啦……的確應該先實際試試看才對。畢竟我就是為此而存在的嘛……

不過老實說，真的稍微有點小鹿亂撞。一方面是因為這個動作非常可愛，另一方面則會莫名有種她們對我抱有強烈好感的錯覺。

「嗚嗚……只有我沒跟上陣……」

擁有發情癖的月乃，只是站在附近默默看著……

「差點忘了說……肢體接觸最好不要超過三秒喔。要是一開始就動不動黏上去，反而會讓人感到厭煩，明白嗎……？」

我委婉地提醒一直拉著我的衣襬不放的兩人。

※

總之先灌輸三姊妹最基本的技巧之後，四人便實際開始逛動物園。

我接著說明討男人歡心的技巧：

「逛動物園的時候，總之只要不斷連喊『好可愛——！』準沒錯。看到小動物會心生愛憐，這樣的感性看在男生的眼裡會覺得很有女人味。」

喜歡小狗、小貓和小孩的女生非常加分。因為女性純真的一面對男生來說相當具有魅力。逛動物園時，正好可以充分發揮這一點。

「咦？真的嗎？就這樣？未免也太單純了吧？」

「如果不信的話，看看那邊吧。」

我向一臉狐疑的月乃指出具體範例。我用手指著隔壁貓頭鷹的欄舍。

「呀——好可愛喔——！貓頭鷹真的超可愛的！」

「就是啊～！圓滾滾的身體真讓人難以招架～！好可愛～！」

花鈴和雪音小姐正全心全意地讚美貓頭鷹。

「原、原來如此……那樣的確很可愛呢……」

「對吧？」

尤其男生又是種很單純的動物，光是這樣，對於對方的好感度就會大幅提升。

「話說月乃不太喜歡動物嗎？和花鈴她們比起來，妳似乎興致缺缺耶……」

雪音小姐和花鈴即使離開我身邊，只要一發現可愛系的小動物，也會心花怒放地喧鬧起來；另一方面的月乃卻和平常沒什麼兩樣。

「也不會不喜歡啦，只是我比較喜歡一般的小貓、小狗之類的。如果是貓咪咖啡廳，我應該會比較樂在其中。」

「原來如此……喜好的差異啊？」

動園物雖然也有許多像是土撥鼠之類的可愛小動物，但作為常見的寵物動物意外地倒是很少。

「不過，在動物園裡總會找到妳喜歡的動物嘛。例如那個！」

我指著前方一座大型欄舍對月乃說。

那之中有好幾頭獅子。

「獅子也是貓科動物，不覺得就像大隻一點的貓咪嗎？我個人是滿喜歡的。」

「的確，這倒是。」

只要這麼想，對獅子的看法也會有所改變。雖然獅子號稱萬獸之王，一直給人帥氣的印象，但仔細去看就會發現其實還挺可愛的。

我將視線投向遠方，觀察起欄舍裡的獅子。

——公獅正壓在母獅的身上，而且身體似乎還不停地擺動。

「咦……？」

喂，等等。牠們那是在做什麼？好像正採取一種非常不得了的姿勢耶。

話說這個情形……該不會是那個吧？這個場面莫非是……！

「啊——！獅子正在做色色的事耶——！」

附近路過的小朋友口無遮攔地大聲喊出真相。

對吧——！果然是在做那檔事吧！為愛鼓掌的最高潮吧！

這對野獸在搞什麼鬼啦！居然在眾目睽睽之下做起那檔事！而且還偏偏挑在這個節骨眼！

要是月乃看到這個場面，發情癖百分之兩百會發作！因為月乃可是就連對教科書上的受精課文都能興奮起來的變態啊！

再說月乃要是在光天化日之下發情起來，那可就萬事休矣。

「呼……呼……」

「月乃，等一下，妳冷靜一點。」

我回頭一看，月乃果然正滿臉通紅。

「嗯啊啊……！身體正忍不住打顫……！」

月乃抱住自己的身體，不停地輕顫。

接著她像是喝醉一般，眼神迷濛地望著我。

「我也好想做色色的事……！天真……儘管肆意撫摸我的身體吧。」

「不要因為獅子的交配場面而發作啦！拜託妳保持一下理智吧！」

「天真，求求你……讓我感到舒爽吧……一起來做舒服的事嘛……」

完全不理會我的話，月乃嬌聲說著。

「要我做什麼都可以喔……！胸部和屁股也都可以任你盡情大摸特摸……！」

「我才不要摸！在這種地方做出那種事可是犯罪耶！」

「即使如此……我就是忍不住嘛……！」

月乃挽住我的手臂，同時將側乳緊緊貼向我。接著她靜靜輕嚅：

「吶，天真……和我做愛吧？」

不——————！這裡也有一頭野獸啊啊啊啊！

「月乃……？妳怎麼了？看起來有點怪怪的耶？」

「真的耶，姊姊的臉好紅喔……」

雪音小姐和花鈴注意到月乃的變化了！

「該不會是發燒了……？」

「啊唔！」

雪音小姐滿是擔憂地把臉靠向月乃。而後，她將兩人的額頭抵靠在一起。

與此同時，月乃的表情從因興奮而鬆懈的表情變回原來矜持的模樣。

「唔嗯……好像有點燙……妳還好嗎，月乃？」

「嗯、嗯……！呃……我沒事……！」

好、好險……若是剛才雪音小姐沒有靠過去，月乃就會因為發情而失控了……

還好她在被雪音小姐和花鈴發現性癖以前，及時恢復了理智……

「月乃姊……妳剛才感覺怪怪的耶……」

正當我這麼想時，花鈴卻開始質疑起月乃。

「天真學長……剛才姊姊對你做了什麼嗎……？總覺得非常可疑耶……」

「哪、哪有！什麼事也沒有！別說這些了，快點繼續約會吧！」

得在花鈴進一步起疑前，趕快轉開話題才行，否則下場恐怕不妙。

為了避免月乃再次因為動物的交配行為而發情，我連忙帶著三姊妹轉移陣地。

※

離開動物園後，接著來到的是可以體驗ＫＴＶ、撞球及保齡球等多項休閒活動的娛樂中心。

「唔哇……！這裡規模好大喔。」

「不愧是有這麼多好玩內容的地方……下次約朋友一起來吧！」

月乃和花鈴顯得十分雀躍，探頭探腦地打量四周。

「天真學弟，接下來的約會要做什麼呢？」

「總之來打保齡球吧。我想教妳們一些和剛才不同的約會大絕招。」

我一邊回答雪音小姐的問題，一邊前往保齡球櫃檯所在的二樓。到了二樓後，我從擺在櫃檯附近的架子上，拿起一張專用的申請單。

「大家先在單子上寫好名字，再交給店員登記。」

「了解！等一下喔～」

我寫好名字後，把單子交給雪音小姐，接著便去確認費用等事宜。啊，看來這裡必須先註冊會員才能玩……實在有點麻煩……

「天真學弟，大家的名字都寫好嘍～」

「謝、謝謝。」

雪音小姐把單子傳回來給我。我接過手後，準備拿去櫃檯。

就在此時，三姊妹的字不經意地映入眼簾。

「奇怪……？這張單子全都是雪音小姐寫的嗎？」

「咦？就是很平常地各寫各的名字呀……」

如果是這樣，每個人的筆跡也太像了。三個人的筆跡都是呈現圓潤的可愛風格。

「我們的筆跡很像吧～果然不愧是姊妹呢。」

原來如此……第一次比較三姊妹的筆跡，讓我不禁有些驚訝。

話說這個筆跡……總覺得好像在哪裡看過……

算了，這不重要。還是快點辦好手續吧。

我們一行人把單子交給店員，便移動至保齡球的球道。接著再去租借球和鞋子，一切準備就緒後，就開始繼續進行模擬約會。

「聽好了，接下來要教妳們的，是提升好感度的方法。根據我調查的結果，想在約會中討男生的歡心，只要靠著『好厲害！』、『好有男子氣概！』和『害人家心動了一下！』這三句話就行了。所以，約會期間要不斷重複這三句話，全力吹捧男生。光是靠著這招，肯定就能讓對方萌生強烈好感。」

說歸說，就連我自己都覺得這個意見未免也太瞎了，但同時又認為似乎不無道理。

畢竟實際聽到女孩子這麼說時，應該沒有哪個男生會不開心。

「原來如此。如果是這樣，花鈴也能輕鬆實踐！」

「總覺得……男生比我想像得更加單純呢……」

月乃有些傻眼地說道。哎，這點倒是不可否認。

「之所以會帶妳們來這裡，是為了讓妳們在將來遇到例如保齡球之類男生比較擅長的遊戲時，可以更加懂得該怎麼奉承男生。當對方打出全倒或補中，又或者是拿磅數較重的球時，只要大喊『好厲害！』就對了。對方聽了一定會心花怒放，進而對妳們心生好感。」

只要被人誇獎好有男子氣概，或是男性尊嚴受到吹捧，男生就會開心得飛上天。要是連續多中個幾次招，一定會想和三姊妹永遠在一起才對。

「總之我現在會開始擲球，妳們就趁機練習怎麼誇獎男生。只要重複我剛才教妳們的那幾句話就可以了。」

我交待完之後，便拿起自己的球，扔向整齊排好的球瓶。

然而……

「啊……」

球大幅度地往右偏，滾進了球道邊的溝槽。結果連一瓶都沒打中，以洗溝收場。

「真、真漂亮的洗溝！花鈴從沒見過如此完美的洗溝！」

「居、居然連一瓶都沒打中，從另一方面來說，也算很厲害了！」

「可以扔出那麼重的球，實在太厲害了！」

「夠了，聽起來只有滿滿的嘲諷！還不如放聲大笑算了！」

我對著表情僵硬且盲目瞎捧的三姊妹大吼。

雖說如此，剛才的確是我的錯……那種表現實在讓人無從誇起。

第二球必須更加集中精神，準確無誤地扔出去。所幸這次成功擊倒了所有球瓶，順利挽回顏面，補中這一球。

「哇！這次就真的超厲害的！學長超有男子氣概的！」

「那、那個……挺厲害的嘛……不是人人都能輕易補中……」

花鈴眼神閃閃發亮地打從心底說道；另一方面，月乃儘管稍嫌生疏，卻還是努力吹捧我。

……雖然知道她們只是在練習，還是忍不住感到有點開心。

「哇──！好棒、好棒～天真學弟好厲害喔～！」

「唔哇！」

雪音小姐一把抱住我，溫柔地撫摸我的頭。

「你真棒～好乖、好乖～我就知道天真學弟一定辦得到～」

「那、那個……！不必做到這種程度啦……！」

真不愧是最會寵愛人的雪音小姐……她似乎非常習慣這麼誇獎人……

「等等！雪音姊！妳黏天真學長黏得太緊了吧！」

「就、就是啊！再怎麼說，那樣都有點過火了！」

月乃和花鈴連成一氣地聯手把雪音小姐拉離我的身邊。

「咦～？會嗎～？可是我平常也是這麼對待天真學弟的呀？」

「不可以！花鈴絕對不會允許！下次不准再這樣！」

不知為什麼，花鈴開始對雪音小姐訓話起來。不過在外面被雪音小姐抱住，確實很傷腦筋。花鈴能幫我阻止她，也算是幫了我大忙。

「好了、好了。總之……如果希望能在約會中擄獲對方的心，替男人做面子是不可或缺的。此外，在娛樂中心約會，最重要的便是天真無邪地表現出自己真實的一面，開心地嬉鬧。」

雖然文靜的女生也很不錯，但這種情況還是和興致高昂地樂在其中的女生在一起，男生也會玩得比較開心。

「也就是說，不必想得太複雜，只要盡情遊玩就好嗎？」

「這根本就是小事一樁！」

「但也別忘了要隨時顧慮到男生的心情。在玩樂的同時，也要全力吹捧男生。這點就是這次的練習。」

想要玩得開心，同時又得顧慮到對方，可不是一件簡單的事。所以才應該趁現在事先練習一下。

「總之，接下來由大家輪流擲球。記得三不五時就要吹捧一下男生喔。」

「知道了！那麼從我開始吧～」

如此說道的雪音小姐，按照丟球的順序準備拿起球。

卻怎麼也拿不起來。

「奇、奇怪……！果然有點太重了……！」

雪音小姐因為球太重而陷入苦戰。

雖然店員姑且給了她磅數較輕的女性用球，她仍然無法輕易拿起來的樣子。

「雪姊還是一樣嬌弱呢～」

「可以嗎？要不要換更輕一點的球？」

「沒、沒關係！這個球就可以了！」

雪音小姐吃力地拿起球走向球道。

於是我與三姊妹的保齡球約會正式開始。

※

不久後，球局結束了。

「太好了，太好了！我贏了！」

「嗚嗚……就只差那麼一點點，好不甘心喔……」

完全沉迷於比賽當中的月乃和花鈴，情緒呈現出一憂一喜的對比。

比賽結果由我拿下第一名，之後排名依序為月乃、花鈴和雪音小姐。三姊妹之間似乎也在彼此較量著。

不過，每當輪到我丟球時，她們就會卯起來地使勁稱讚我「好厲害！」、「太棒了！」、「好帥喔！」，看來應該都已經成功學會誇獎男人的技巧了。

尤其是花鈴，稱讚人的方式簡直不是蓋的。「超酷的！」、「根本是天才！」等讚美有如滔滔江水連綿不絕。聽著聽著，反而不禁有點害羞起來。

然而另一方面，唯有一點讓人很不放心……

「呼……呼……手都麻掉了～……」

一旁的雪音小姐一臉淚眼汪汪的表情。

「那個……雪音小姐，妳沒事吧？妳看起來似乎不太舒服耶？」

「嗯、嗯……我沒事……只是有點痛而已……」

看來選的球太重了。是不是應該拿輕一點，例如兒童專用的球給她才對呢……？

「既然如此，就應該換輕一點的球嘛……要不要先纏個透氣膠帶？」

「嗯、嗯……抱歉。不過我真的沒事。這點程度的疼痛，對我來說剛剛好。」

「剛剛好？」

「嗯，非常恰到好處呢。有如針扎般的刺痛……害我興奮起來了。」

……咦？

「啊嗯……！手指的疼痛真是讓人欲罷不能……！我還想更痛一點……！」

喂，被虐狂——！

這個人又因為變態特有的神邏輯而興奮起來了！

「天真學弟……！再多凌虐我一點吧？把主從關係刻進我的身體裡吧？」

「打從一開始就不存在那種關係啦！」

「哈啊啊啊嗯！好想享受更加強烈的疼痛喔！」

雪音小姐以猥瑣的聲音喊道。

「雪、雪姊……？妳說很痛，沒事吧……？」

「姊姊傷到手腕了嗎？」

原本正在討論剛才那局比賽的月乃和花鈴，朝雪音小姐靠近。

喂喂，真的不行啦！妹妹們都在耶，趕快壓抑住妳的興奮啦！

「啊……不行……我的變態面目會被發現……可是那或許也別有一番舒爽呢……」

啊，這個人太糟糕了！一想到自己可能會身敗名裂，居然越想越興奮！

「天、天真學弟……我的忍耐就快要瀕臨極限了……！」

「忍耐……？雪姊，妳在忍耐什麼……？」

「雪音姊的表情看起來很痛苦耶……」

這下真的就快露餡了。必須立刻把她帶離現場，否則一切都完了。

「啊——！雪音小姐，妳是想上廁所吧！我知道了，我現在就替妳報路！」

「咦……呀嗯！」

為了打圓場，我用著有如解說般的口吻說完後，拉起雪音小姐的手臂，使出蠻力硬把她拖往廁所的方向。

「啊啊……霸道的天真學弟好棒喔……！主人！請您順勢襲擊我吧！」

「拜託妳閉上嘴啦！」

之後，我找了個可以避人耳目的地方把雪音小姐藏起來，直到她從興奮中恢復理智為止。

※

不管是月乃還是雪音小姐全都一個樣，真心拜託她們適可而止一點吧……

這裡可不是在家裡耶，居然毫無預警地做出變態行為……明明姊妹們都在，卻還是因為一點小刺激就興奮起來。看來我的如意算盤完全打錯了……

雖說如此，這畢竟還是肇先生委託的重要工作。事到如今，也只能硬著頭皮貫徹始終了。

我們接著來到一座大型購物商場，要在這裡預習逛街約會。

「逛街時，也有許多能讓男生心動的好機會……這些機會當中最容易攻陷男生的，莫過於服飾店約會了。大膽地試穿一些平時不會穿的風格或是可愛的衣服，一定可以讓男生拜倒在妳們的石榴裙下。」

由於女生每次逛街都會逛很久，因此有許多男生都討厭購物行程，不過還是可以趁機大大拉分。因此我們一行人踏進商場中的一間服飾專櫃。

「事情就是這樣，接下來就請妳們去試穿一下可以讓自己看起來更可愛的衣服吧。以後和相親對象來逛街時，也能立刻找到合適的服裝來誘惑對方。」

「了解！這可是花鈴擅長的領域！」

「誘惑……這方面我實在沒有自信……」

「總之，只要試穿自己覺得不錯的衣服就行了吧。」

三姊妹分頭走向服飾層架挑選衣服。

過沒多久，花鈴跑了回來。

「學長！我選好衣服了！」

「真、真快耶……那就趕快去試穿看看吧。」

「好！學長等我一下喔！」

花鈴雙手捧著衣服進入試衣間。一會兒後，她再次出聲叫我。

「我換好了！可以出去嗎？」

「當然，讓我看看妳選了什麼衣服。」

「好的！學長可別嚇一跳喔～？」

試衣間的簾子被人從內側拉開，花鈴的身影也隨之出現。

「如何呢，學長？花鈴可不可愛？」

花鈴一臉自信滿滿的表情，並且俏皮地拋了一記媚眼。

當下的她身上的穿著——僅有胸罩和內褲。

「喂，為什麼只穿了內衣褲啦——！」

面對花鈴突然其來的暴露行為，我不由得粗聲大吼。

這裡可是正正當當的公共場所耶！而且月乃和雪音小姐也在同一間店裡耶！

「啊，真的耶～人家一時迷糊，忘記穿衣服了☆」

花鈴如此辯解，同時可愛地吐了一下舌頭。

不，她絕對是故意的！她絕對正躍躍欲試地想要背著姊姊大玩暴露ＰＬＡＹ！證據就是她現在正擺出寫真偶像的姿勢，想向我展現性感的一面！

「不要在這種地方玩起ＰＬＡＹ啦！妳真的是個腦袋超有病的暴露狂！」

「學長太天真了！我至少還是有穿內褲呀？這下你就無法用同樣的話罵我了吧？」

「妳這個腦袋超有病的暴露狂！」

穿上內褲只是最低限度的節操吧！有什麼好驕傲的！

「別鬼扯了，快去穿好衣服啦！不過只是試穿衣服，趕快速戰速決！」

「了解！包在我身上！」

花鈴幹勁十足地回答完，便又拉上簾子。

過了數十秒後，簾子再度被人拉開。

「學長、學長！我換好衣服了──！」

「不是啊，為什麼脫得更澈底了──！」

仔細一看，花鈴現在正全身赤裸。就連剛才穿在身上的內衣褲也被脫掉，樸實無華的灰姑娘小巧貧乳毫無遮掩地裸露出來。

「好一對小歸小，卻會讓人忍不住想把臉埋進去的美胸啊！」

「幹嘛自己描述起來！話說妳到底在搞什麼！」

「因為這不是要誘惑男生的作戰嗎？既然如此，比起可愛的衣服，全裸一定更有效嘛♪如何？有沒有興奮一下？」

「這樣根本只是痴女吧！快點穿上衣服！要是被發現，真的就完蛋了！」

「天真？花鈴怎麼了嗎？」

「唔哇啊啊啊啊啊啊！」

月乃和雪音小姐不知什麼時候來到我們附近。我連忙拉上花鈴試衣間的簾子，把全身赤裸的她藏起來。

「天真學弟，你沒事吧？你看起來非常慌張呢……」

「什、什什什什麼事也沒有！話說回來，妳們都挑好衣服了嗎？」

「嗯，我這就去試穿喔～」

「姑且警告你一聲，不准偷看喔……」

別說偷看了，附近還有個主動露給我看的傢伙哩……

雪音小姐和月乃分別進入與花鈴不同的試衣間。約莫一分鐘後，兩人幾乎同一時間拉開簾子。

「天真學弟，我們挑選的衣服，你覺得如何呢？」

「不要一直盯著看啦……」

「噢噢……」

一看到兩人的打扮，我不由得瞪大眼睛。

雪音小姐挑了一件無袖上衣，長度只到肚臍上方，胸前還大大敞開；下半身搭配刷破牛仔褲，看上去十分性感，與她平時的清純氛圍截然不同，

另一方面的月乃則是荷葉邊ＰＯＬＯ衫加燈籠裙的打扮，有別於她平時的華麗風格，給人清新可人的印象。

她們兩人都依照我所教的，展露出與平常不同的另一面魅力。

「我覺得妳們兩個的打扮都非常漂亮喔。整個人的印象都不一樣了，相信對方一定會驚為天人。」

「真的嗎？太好了！被天真學弟誇獎了——！」
「還、還好啦……這點程度也是應該的……」
相對於毫不矯作地表現出開心模樣的雪音小姐，月乃則是羞怯地別開臉。
不過她們兩人真的很會挑衣服耶。尤其是月乃，平常好像就很注重打扮，真羨慕她有這種時尚美感。
當我不著邊際地思索時，另一間試衣間的簾子便拉了開來。
「天真學長！這次我是真的換好衣服了！」
花鈴走出試衣間，向我們展示她的穿搭。
再怎麼說也不可能當著兩位姊姊的面全裸示眾，所以這次花鈴有乖乖穿上衣服。
只是……那套衣服實在大有問題。
她身上穿著一件領口開得非常低的V領T恤，胸口的裸露面積更勝於雪音小姐的上衣。至於下半身則是搭配一件短到不能再短的迷你裙，大腿幾乎裸露在外，即使只是正常走路，內褲隨時都可能出來見客。想要以那身打扮外出，必須要有相當的勇氣才行。
「花鈴挑選的衣服如何～？是不是非常有魅力？」
花鈴一臉自豪地騷首弄姿。大概是想誘惑我吧，還在我面前帥氣地轉身。
然而，包含我在內的在場三人，無一不對花鈴投以無言的錯愕眼神。

「吶……花鈴挑選的衣服，再怎麼說都性感過頭了吧……？」

「的確……花鈴，我怎麼不記得妳喜歡這種風格……？」

月乃和雪音小姐大感意外地說道。

喂喂喂喂！都怪妳挑選了裸露度太高的衣服，才會害她們嚇到啦！

「啊……那個……我想說偶爾試試這種衣服也不錯嘛……」

「就算如此，那身打扮也太不ＯＫ了……會被旁人投以異樣眼光喔……？」

「嗯……還是說，花鈴其實喜歡這種風格的衣服呢……？」

總覺得她們兩人正強烈起疑喔——！她們兩人正升起滿滿疑惑喔——！

「啊、啊嗚……等我一下，花鈴這就去換回原本的衣服！」

大概是想趁著性癖被拆穿之前逃跑吧，花鈴急急忙忙地鑽回試衣間。

看見驚慌失措的花鈴，兩位姊姊的眼神更加顯得狐疑。

※

「呼……總算順利結束了……」

我靠在廁所的洗手檯把臉洗一洗，接著如釋重負地吐了口氣。

結束逛街約會後，我們又繼續進行了一會兒的模擬約會。除了教導她們如何在電影院主動牽手和撒嬌，也傳授她們去電子遊樂場約會時該怎麼和男生開心交談。

雖然期間又發生了好幾次危機，但我原本想好要在今天的模擬約會中教導她們的事項，姑且都有順利傳授完成。這下應該算是有基本達成肇先生交待的工作了吧。

總而言之，今天先這樣應該沒問題吧，再來就是回家了。

三姊妹已經先走到車站等我，我也得趕快過去和她們會合才行。

如此思索的我拿出手帕擦好臉，接著離開廁所。

一走出去，我就被人叫住。

「啊，天真學長！你總算出來了！」

花鈴獨自站在廁所前面。

「花鈴……怎麼了？妳該不會又一個人大玩暴露PLAY了吧……？」

「啊哈☆真可惜，猜錯嘍～花鈴是在等學長。其實，花鈴有個地方想請學長陪我去一趟。」

「有個地方想去……？」

「是的。所以花鈴才會偷偷來約學長。我騙姊姊她們說要去廁所……所以呀，能不能陪花鈴去一下？」

「呃，可是……月乃她們正在等我們吧？如果太晚過去，她們會擔心……」

「別擔心，不會太久的。還是說……學長果然不願意？」

花鈴低著頭，視線由下往上地看著我，一臉不安地說道。

被她用那種眼神盯著看，我實在不忍心拒絕……

「我、我知道了……不過，真的只能一下下喔？不好意思讓月乃她們等太久……」

「好的！謝謝學長！」

花鈴綻開一朵如花的笑靨，看得出來是由衷感到開心。

「不過妳想去的地方是哪裡？今天約會應該已經大致把這裡都逛過一遍了吧……」

「嘿嘿嘿……去了就知道，敬請期待吧！」

如此說完，花鈴便拉著我往目的地移動。

※

不久後，我們來到的地方是——

「這裡可是未成年禁止進入的區域耶！」

沒錯。花鈴帶我來到的正是一間大型書店，而我們正站在設於店內角落的十八禁專區。書架上排滿了無以數計的色情書刊，放眼望去，滿滿的肉色與粉紅色幾乎填滿整片視野。

「我說妳啊……還以為妳想去哪裡……至少帶我去個正經點的地方吧……」

「色情書刊專區有什麼不好！比起維多利亞瀑布、凡爾賽宮或羅浮宮美術館，花鈴更想來十八禁專區！」

「不要把世界級的觀光勝地和這種有如慾望泥沼的地方相提並論啦！」

色情書刊的賣場在花鈴心中究竟是多有價值啊……

「話說妳為何要特地帶我來這裡……？這裡的話，妳一個人來不就好了嗎……？」

該不會是要我陪她在這裡進行暴露ＰＬＡＹ吧……？如果真是如此，我可是會立馬走人喔……？

「啊哈！學長的戒心不要那麼重嘛～當然是有正當理由呀！」

「正當理由……？」

「沒錯！你等我一下喔。」

真的假的……總覺得無法相信她……

當我露出疑惑的眼神，就見花鈴開始搜尋起書架。排滿了色情書刊、一般女孩看了都會害羞不已或一臉厭惡的那座書架，花鈴卻看得非常開心。

她持續搜尋了一會兒後，抽出其中一本書。

「我找到了，天真學長！」

花鈴把書遞給我看。那是一本比一般少年漫畫更厚、更大本的色情漫畫。封面畫著一名全身赤裸在街頭遊蕩的少女。書名則是《暴露狂的私心推薦》，總覺得非常眼熟。

「咦……？我記得這本書是……」

「是的，沒錯！就是花鈴畫的作品！」

當我意識到時，花鈴也同時說道。

我想起來了。這是花鈴之前畫的色情漫畫。當時接到出版社的邀請，為了能出書，她費盡了千辛萬苦才完成這本作品。

「原來啊……這本漫畫真的出版啦……」

「是的。發售日期剛好就是今天。所以無論如何，都希望學長可以親眼看看……花鈴的書確實被擺在書店裡販售。」

所以才會特地帶我過來嗎……

不過親自過來一看，確實很了不起。熟人的作品像這樣擺在書店的架上，總覺得有種莫名的衝擊感。

「還有啊，花鈴也想跟學長道謝。」

露出ノスス
期待の…
の日、あの時、あの場所で
僕たちはその少女に魅せられたんだ

「道謝……？」

「沒錯。多虧有學長在，花鈴才能順利出版這本書……」

我一頭霧水地思考著她是指什麼。此時，花鈴接著說道：

「之前花鈴的原稿不是被姊姊她們發現了嗎？當時花鈴是真心打算捨際性癖，一心認為暴露果然很奇怪。也因為如此，我不再覺得畫色情漫畫是一件值得驕傲的事……」

她應該是指之前大家一起去神宮寺家別墅時發生的那件事吧。當時花鈴再次意識到自己的性癖有多麼特殊，並且打從心底感到沮喪……

「不過，那時候多虧學長在背後推了花鈴一把……因為學長毫不避諱地支持花鈴的夢想，我才能畫完這本漫畫，也才能像這樣順利出版，體會到至高無上的幸福感。」

「花鈴……」

「如果花鈴那時候放棄了，一定無法體會這種感動。所以，我想謝謝學長。多虧有學長，花鈴才能實現夢想……」

花鈴以泛著淚光的美麗雙眸由下往上看著我。

「天真學長……真的很謝謝你！」

接著，她語氣堅定地說出這句話，同時朝我深深低下頭。

「不客氣……還有，恭喜妳。」

我摸了摸花鈴的頭，向她獻上由衷的祝福。

※

看完花鈴的書後，我們離開書店，一同急急忙忙趕往車站。

「糟糕，不小心拖太晚。月乃她們搞不好生氣了……」

「說得也是……我們快點走吧！」

從我走出廁所之後，已經過了二十分鐘左右。再怎麼說，這都讓她們等太久了。我傳了一則「就快到了」的訊息給她們，同時小跑步地趕往車站。

半路上，花鈴突然對我說：

「學長，走這條小巷子可以比較快到達廣場喔！」

「哦？真的嗎？真虧妳知道耶！」

「因為剛才看過地圖了！我來帶路，學長跟著花鈴走吧！」

花鈴跑在我前面，邊跑還邊不時向我報路。我依照她指的方向，跟在她身後狂奔。

然而途中開始逐漸感到不對勁。

這條路……明顯離車站越來越遠了吧……？

就我自己的方向感來看，花鈴很明顯是朝車站的反方向前進。這樣別說是抄近路了，根本永遠都別想到達目的地。

花鈴她是不是走錯路了？這麼想的我正要開口叫住她時，她也剛好停下腳步。

「啊！終於到了，學長。」

如此說道的花鈴回頭看著我。

可是這裡怎麼看都不像是車站。正確來說，是我從來沒踏足過的地方。

放眼四周，好幾棟有如歐式城堡般的建築物並排座落。七彩璀璨的燈光打在一棟棟建築物上，將即將入夜的都心街道映照得好不美麗。此外，每棟建築物的招牌上，都大大寫著「ＨＯＴＥＬ」幾個字。

根據我的知識來判斷……這裡應該就是所謂的成人世界。

「喂、喂……花鈴……？這裡是怎麼回事……？」

「嘿嘿嘿……學長察覺到啦？沒錯，這裡正是賓館街喔！」

花鈴略顯嬌羞地綻開一抹可愛的笑容說道。只不過，總覺她的表情似乎和平時不太一樣。

「喂、喂喂喂……別開玩笑了。妳帶我來這裡做什麼……？」

「只是單純覺得有趣嘛。聽說這一帶的燈光非常漂亮，所以才想過來看看。」

有趣……絕對不只如此。她絕對有其他用意。

「總、總之……雪音小姐和月乃還在等我們，得趕快回車站才行——」

「不要。」

正當我準備沿著原來的路回去時，花鈴用力捉住我的手。

「咦……？」

「花鈴不想回去姊姊們那裡……」

我看向花鈴，只見她的臉上已經不見方才的笑容。

取而代之的是無比認真的表情。她用著正經八百、像是豁出去般的眼神，筆直地凝視我。

接著她靠向我，兩人距離近到眼、鼻幾乎就要貼上。

「吶，學長……花鈴有點累了。」

她裝腔作態地說道，同時倚靠在我身上，而後順勢挽住我的手臂。

「花……花鈴……？」

「難得都來了，要不要一起休息一下？」

如果光從字面聽來，就只是很平常的邀約。

但是一想到這裡是什麼樣的地方，話中的真正含義完全不言而喻。

「喂、喂……妳是在開玩笑吧……？」

「才不是……花鈴才不會當作開玩笑而說出這種話。」

我基於求生本能的提問，被花鈴斬釘截鐵地否定。

接著她回給我一臉彷彿做好覺悟般的表情，以堅定不移的聲音開口說：

「花鈴不能再拖拖拉拉下去了……所以只能不擇手段。一切都是為了把這個機會變成既定事實！」

機會……？她究竟在說什麼……？

「天真學長也知道，花鈴再過不久就得去和爸爸決定好的對象相親。如果到時候婚事談定了，花鈴就必須和那個人結婚。即使是花鈴討厭的對象，為了這個家還是不得不忍耐。」

「是啊……沒錯。這點我當然知道……」

「所以花鈴就只剩下現在這個機會了——可以選擇自己心儀對象的機會。」

自己的心儀對象……？

「等婚事定下來後，花鈴終其一生都只能待在那個人身邊，無法順著自己的心意和其他對象——和學長在一起。所以花鈴必須趁現在攻陷學長，即使不擇手段——」

她都已經講得那麼明白了，我就算再遲鈍，終究還是不得不正視她的心意。

花鈴是真的對我——

「再說學長和兩位姊姊的感情也很好，而且和姊姊們之間還分別擁有花鈴不知道、只屬於兩人的祕密……要是太大意的話，學長就會被姊姊們搶走了！」

花鈴的聲音因為不安而顫抖。

她想必是真的急了吧。不僅被迫接受非她所願的相親，還發現姊姊和自己喜歡的人之間藏有祕密……

「所以，花鈴已經決定不會再有所顧慮了！這都是為了實現自己的夢想——」

花鈴以纖細的雙臂環過我的身體。

接著用力地緊緊抱住我。

※

「呼……呼……他們兩人究竟跑哪裡去了……？」

我奔跑在寬廣的街道上，尋找遲遲沒有回到車站的天真和花鈴。雖然我和雪姊分頭尋找，但這一帶的範圍實在太大了，找了好久還是不見人影。

真是傷腦筋……！他們兩人到底在哪裡做什麼啊！剛才天真傳了ＬＩＮＥ說「就快

到了」卻一直沒出現！之後不管我傳了多少訊息過去，他都完全沒消沒息！

感覺他們兩人應該是一起行動，所以大概不會有問題才對……但還是難免會擔心他們是否被捲進什麼麻煩事了！

總之，現在當務之急就是趕快把人找出來，然後狠狠踹一腳洩恨。我一邊這麼想，一邊快步穿行在鬧區。

話說這一帶……仔細一看根本就是賓館街嘛！一整排巍然矗立的賓館，散發出引人遐想的可疑氛圍！

再怎麼說，他們兩人都不可能來這裡吧……我這麼想，於是打算往回走。

就在此時——我不經意地在巷子另一頭人煙稀少的路上，發現到再熟悉不過的兩道身影。

「啊，找到了——！天真、花鈴——！」

我想都沒想地喊出兩人的名字，同時立刻就想移動腳步朝他們而去。

然而，我臨時打退堂鼓。因為兩人之間的氣氛似乎不太對勁。

就在下一瞬間——花鈴一把抱住了天真。

「咦……！」

花鈴伸手環住天真，用著即使相隔一段距離都能看得出來的強勁力道緊緊抱住他。

那並不是花鈴平常撒嬌般的輕擁，而是非常認真、飽含熱切心意的擁抱。

「！」

突然，一陣彷彿被某種冰冷物體貫穿胸口的感覺流竄而過。

我反射性地從花鈴和天真的身上移開視線，接著邁步奔離現場。

使勁跨步的雙腳用力得幾乎泛疼，我一心只想儘快逃得遠遠的。

為、為什麼……？為什麼我要逃走……？我又沒做錯什麼……

就連我都無法理解自己的舉動。

不，可是……那種情況下，實在讓人難以介入。妹妹和男人相擁在一起的場面，我怎麼可能貿然去打擾。

沒錯……所以會選擇離開也是人之常情。

畢竟總不能一直待在那裡偷看，趕快離開才是正確的。

這樣……真的好嗎……？

腦海裡驀然響起某人的囁語。

「——！」

隨即，我猛然停下腳步。

自己真的甘心就這麼當作沒看見嗎……這道念頭在胸口翻騰而升。

花鈴一定是在向天真表白自己的心意吧。雖然我並沒有親耳聽見，但從兩人之間的氣氛一眼就能看出來。花鈴剛剛就在那裡，把自己一直深埋心中對於天真的情感一五一十地向他傾訴了吧。

只是為什麼會選在這種賓館街呢——因為人煙比較少嗎？又或者有其他用意？我不得而知。

對於花鈴的告白，天真又會怎麼回應呢……？由於得顧慮到工作，因此即使被我們三姊妹告白，我想天真應該也只會死腦筋地拒絕吧。

但是……說不定，他會接受花鈴的心意。他可能會接受花鈴的感情，溫柔地回擁她也不一定。

「天真……」

他究竟會如何選擇都和我沒有關係……然而，現在的我對天真的愛意，早已強烈到讓我再也無法說出這種逞強的話。

「可是……就算是這樣，我又能如何……」

我已經答應過花鈴會支持她的戀情。我絕對不能背叛如此信任我、依賴我的花鈴。因此我只能放棄。無論再怎麼喜歡天真，也只能捨棄自己的這份情愫。

「嗯……沒錯。根本想都不必想……」

果然還是直接調頭離開吧……現在先讓他們兩人好好獨處，等時間差不多了，再去接他們。

決定好後，我便沿著原路往回走。然而——

「奇、奇怪……？」

為什麼呢……雙腳完全動不了。

即使想要遠離這裡，卻連一步也跨不出去。就好像只有雙腳突然變重了似的，不管再怎麼使勁，依舊文風不動。

「為什麼……？為什麼動不了……？」

緊接著就在此時，一道冰冷的不明觸感從臉頰滑落。

「咦……？」

猛然回過神，才發現自己正在哭泣。豆大的淚水從雙眼不停落下。

「為、為什麼……？我是怎麼了……？奇怪……？」

越來越不明白，自己的身上究竟發生了什麼事。

不過……我很快就意識到了。

我不想……離開天真……

「啊……」

腦海裡再次傳來一道話語聲。

自己原本試圖封印住的心意，有如迸裂似的不斷鼓漲湧起。

那句話更加催動了淚腺。

「我……原來這麼喜歡天真嗎……」

我的腦袋告訴自己應該放棄天真，告訴自己必須遵守和花鈴的約定。

然而我的心、我的身體卻不斷地想朝天真飛奔而去；自己終究無法澈底放棄天真。

即使試著封住自己的情感，隨即又會滿溢而出。

如果我現在放棄了天真，一定只會後悔終生。說不定會就這麼永遠失去往後活下去的氣力。

腦海裡浮現出的聲音，正如是告訴我。

「我果然……非去不可……！」

即使真的要放棄天真，至少也得把自己的心意告訴他才行。

就在我看清自己內心的瞬間——感覺身體突然輕盈了起來。

「花鈴，對不起……因為我不想後悔……！」

我轉身朝天真他們所在的方向奔去。

這次雙腳立刻動了起來。與此同時，剛才不停滑落的淚水也像幻覺一般戛然而止。

※

「你們兩個————————！等一下————————！」

當花鈴抱住我之後——

我整個人愣在原地，一句話也說不出口；此時，冷不防傳來了一聲呼喚。

「月、月乃……！」

「咦……？月乃姊……？」

往聲音的方向一看，月乃正從巷子的另一頭跑過來。她肯定是來找遲遲沒有回去的我和花鈴。

「天……天真……呼……呼……！」

月乃跑得上氣不接下氣，睨起美目看著我，我的背脊不由得一陣發涼。

「那、那個……月乃……！不是妳想的那樣，這只是——」

我急急忙忙從花鈴身邊退開，而且不知為什麼，自己活像劈腿被抓包的男生一樣，企圖瞎掰一些狗屁不通的藉口來辯解。

然而月乃打斷我的話，並對著我開口。

同時——深深低下頭。

「天真……！拜託你！請你先不要和花鈴交往！」

「「咦……？」」

對於天外飛來一筆的請求，我和花鈴發出同樣的疑惑。

她、她是怎樣……？該不會剛才我和花鈴的交談，全被她聽見了……？就算是這樣，為什麼月乃會向我提出這種請求……？

「姊、姊姊！妳怎麼可以那樣！妳是什麼意思嘛！」

突然聽到這番話，花鈴想當然耳立刻氣得垮下臉。

此時的月乃……接著拋出震撼的發言。

「因為……我也喜歡天真呀！」

「——！」

我有一瞬間不禁懷疑起自己的耳朵。

喂、喂……這不是……真的吧……？

那個月乃居然會喜歡我……？那個老是處處跟我唱反調的月乃居然……？

月乃轉身面對我。

「吶，天真……花鈴剛才應該向你告白了吧……不過，在你回覆她之前，也給我一

次機會吧！」

「那、那個……妳突然跟我說這個，我實在……」

不行了。月乃突然冒出來湊熱鬧，即使是我天才級的頭腦也完全來不及反應。光是花鈴的事就讓我一個頭兩個大了，再多一個月乃我根本應付不來！

「姊姊果然喜歡學長……！」

花鈴小聲地不知在嘟囔些什麼。下一瞬間，立刻咄咄逼人地質問起月乃：

「月乃姊太過分了！妳明明說過會替我加油的！為什麼現在卻背叛花鈴呢？」

「對、對不起，花鈴……真的很抱歉……可是，我再也克制不了自己！我無法欺騙自己的感情！既然已經發現自己的心意，無論如何都想清楚傳達給天真！」

「怎麼那樣……既然如此，當初何必要答應花鈴？如果姊姊也喜歡學長，應該一開始就跟花鈴坦白才對！」

「那、那是因為……我一開始並沒有發現自己的心意……不過，我現在就能很篤定地說——我喜歡天真！」

「什麼嘛！花鈴完全聽不懂！說來說去，姊姊就是打算橫刀奪愛嘛！」

「或許是吧……就算如此，我的這份心意也絕對沒有半點虛假！」

「啊——！居然連裝都不裝了嗎！月乃姊實在太差勁了！」

花鈴氣得漲紅了臉，月乃則是以充滿決心的眼神回望她。儘管兩姊妹平時總會為了一些無聊小事比來比去，但終究無損兩人的姊妹情深；然而這次卻是真的槓上了。

「花鈴絕對不會認輸的！就算對手是姊姊，也休想搶走學長！」

「我也是同樣的心情！即使是花鈴，我也不會把天真讓給妳！」

兩人之間火花迸射，互相瞪視著對方。這樣子要是再不立刻介入阻止，情況恐怕會一發不可收拾……！

「那、那個……妳們兩個……？總之先稍微冷靜一下比較——」

「天真你別插嘴！」

「沒錯！學長安靜站到一邊去！」

「是……」

這股魄力是怎樣？好可怕！完全不敢反抗！

「話又說回來，姊姊真的好詐！明明說好要支持花鈴，卻偷偷和天真學長培養感情！今天一整天看下來，不管是月乃姊還是雪音姊，只要和學長兩人獨處時就會變得很不對勁！」

「要、要這樣說的話，花鈴不也一樣嗎！今天居然當著天真的面穿上那麼猥褻的衣服……不用想也知道，妳是打算誘惑天真吧？」

這兩人果然開始隱約嗅出對方的祕密了！大概是極度的猜忌心作祟，才會注意到不尋常的疑點！

「再說了，絕對是我比較喜歡天真！才不會輸給花鈴的心意呢！」

「什……！既然如此，那就證明給我看看！姊姊到底有多喜歡學長！」

「咦……？證明……？」

「花鈴就能馬上證明喔！因為我最喜歡學長了嘛！」

花鈴邊說邊飛撲般整個人攀掛到我胸前，像隻小貓咪似的磨蹭我的臉頰撒嬌。

「喂、喂，花鈴！」

「如何？花鈴可是喜歡學長喜歡到即使在大馬路上，也能毫不在意地大肆放閃！這種事情，生性害羞的姊姊辦得到嗎？」

不，真要說的話，拜託別在大馬路上放閃啦！這樣根本就造成別人的困擾了吧！

「嗯唔唔……！這、這點小事，我也可以！」

而且受到挑釁的月乃從我背後抱住我。她那柔軟且富有彈性的胸部觸感隨即從背上傳來。

喂，這個人是笨蛋嗎？知道自己有發情癖，就別主動黏過來啦！

「我也可以和天真卿卿我我……！呼……呼……！」

月乃大聲說道，同時呼吸變得急促起來，幾乎瀕臨發情邊緣。

「既、既然這樣，花鈴還可以親吻學長喔！我要把初吻獻給學長！」

「那麼我包括其他的第一次，也都願意給天真……呼——……呼——……！」

「喂，夠了，別再說了！妳們別無視我的意願啊！」

還有月乃，拜託妳別在這種地方露出性癖啊啊啊！妳的祕密可是會被最珍視的妹妹知道喔！

再這麼下去，戰火只會越演越烈，到時兩人一時衝動之下會做出什麼蠢事誰也不知道！必須儘快讓兩人冷靜下來才行！

但是，這種局面到底該怎麼收拾才好……？

「姊姊還是趁早死心吧！學長是花鈴的！」

「絕對不行……！天真應該和我合為一體……！」

面對越吵越凶的兩姊妹，我完全束手無策，不知該如何是好。任憑我再怎麼天才，也想不出半點法子來平息眼前的修羅場。

然而就在此時，超可靠的救世主降臨了！

「妳、妳們兩個！在這種地方做什麼！」

「雪音小姐！」

雪音小姐往我們的方向跑來，大概是來找我們的吧。

當她看到正巴在我身上激烈爭執的月乃和花鈴時，表情顯得相當驚訝。

「月乃、花鈴，不可以吵架！拜託妳們冷靜一點！」

由於雪音小姐的出現，花鈴她們瞬間清醒過來，連忙放開我；差點就要發情的月乃也總算恢復了理智。

「妳們兩個究竟是怎麼回事……？話說妳們知道這裡是什麼地方嗎？就是……非常色情的地方喔！不可以來這裡啦！」

如此訓斥的雪音小姐以眼角餘光掃視周圍五光十色的建築物，以及有如連體嬰一般相摟而行的情侶。

就連身為被虐狂的她看起來也多少會感到難為情。更何況可愛的妹妹們居然會接近這種地方，她更是說什麼也無法坐視不管。

「你們怎麼會在這種地方？還有，月乃和花鈴在吵些什麼？」

「沒、沒什麼……什麼事也沒有……」

「和雪音姊沒有關係啦……」

兩人將視線從雪音小姐的臉上移開，企圖蒙混過去。

然而……

「該不會……是在搶奪天真學弟吧……？」

雪音小姐一看到兩人的反應，立刻察覺到狀況。

被說中的月乃和花鈴，當場一臉驚訝地再次望向雪音小姐。

「妳們兩個真的都很喜歡天真學弟呢……不過剛才那樣很不好喔。妳們兩人吵成那樣，只會害天真學弟傷腦筋吧？」

雪音小姐神色嚴肅地注視著兩人，像是在開導般地訓斥。只是——

「談戀愛時，務必注意不可以給對方添麻煩。也不能互相爭執或在背後搞小動作，必須和平競爭才行喔。」

「嘴上那麼說……雪姊最近和天真之間的氣氛不也怪怪的！」

「咦……？」

月乃十分罕見地出言反抗雪音小姐。

「月乃姊說得沒錯！雪音姊還不是和天真學長卿卿我我的！」

「我之前親眼看到了！雪姊背著我們和天真在廚房打情罵俏，玩得好不開心……雪姊其實也喜歡天真對吧？」

「啊，不是的……那是……！」

大概是作夢也沒想過會被月乃她們反堵吧，雪音小姐當場啞口無言。

「我、我並沒有對天真學弟……」

「姊姊根本在說謊！如果真的沒有任何好感，又怎麼可能會抱住他！」

「該不會雪音姊……打算先鬆懈花鈴和月乃姊的戒心，之後再下手為強吧！」

「我、我才沒有！妳在說什麼下手為強——」

「很抱歉，我實在信不過雪姊……因為雪姊絕對也喜歡天真！」

「好了，姊姊，妳就老實招來吧！花鈴和月乃姊已經全都看穿了！」

「嗚、嗚嗚……怎麼這樣……」

面對兩位妹妹的連番逼問，雪音小姐忍不住泛起淚光。

「喂、喂，妳們兩個！適可而止吧！」

看到這一幕，我實在無法繼續默不吭聲。我鼓起勇氣，打斷她們的爭執。

「怎麼可能就連雪音小姐都喜歡上我！根本是妳們想太多了！」

光是月乃和花鈴會看上我，就已經夠天方夜譚了。再怎麼說，也不可能會有比這更離奇的狀況。

「而且她本人不也否認了嗎？妳們兩人不要聯合起來逼問她！對吧，雪音小姐。我說得沒錯吧？妳怎麼可能會喜歡我。」

「嗚嗚……對不起……天真學弟……」

「妳沒必要跟我道歉。我只是個凡人，會喜歡上我才奇怪咧。」

「不……不是的……並不是那樣……」

雪音小姐看著我，搖搖頭否定。

咦……？不是那樣，不然是怎樣……？

「是嗎……都已經被妳們看穿了嗎……既然妳們那麼堅持，我就老實說吧……就在這裡坦白……我真正的心意……」

雪音小姐走向我，直到兩人的鼻子幾乎就要貼上為止。接著她握住我的雙手。

喂、喂……該不會……照這個情勢來看……！

「我……我其實也很喜歡天真學弟！」

「咦咦咦咦咦咦咦咦咦！」

雪音小姐一鼓作氣地拋出了震撼發言！

「妳終於吐露心聲了吧，雪姊……」

「果然如我們所料……」

月乃和花鈴望著雪音小姐的眼神當中充滿了敵意。

雪音小姐同樣不甘勢弱地從我身上移開目光後，正面接下兩人的視線說：

「不過我要先聲明喔……？我一開始其實打算壓抑對天真學弟的心意……畢竟身為

長女，必須負起責任接受爸爸決定好的婚事，更重要的是，我早就隱約察覺到妳們兩人都喜歡天真學弟。所以，我本來並無意向天真學弟表白心意，打算從旁靜靜守望大家的戀情……可是！」

下一瞬間，雪音小姐冷不防地緊緊抱住我。咦……？

「可是，我再也忍不住了！既然妳們……還有天真都已經知道我的心意，我就無法再壓抑自己了！」

「雪、雪音小姐？等等，放開唔唔！」

雪音小姐抱住我的後腦，把我的頭壓進她的胸口。我的臉有如深陷一般埋入那對彈力十足卻又柔軟無比的爆乳之中。

「等一下，雪姊！放開我的天真！」

「才不是！是花鈴的學長！」

花鈴和月乃分別拉住我和雪音小姐，試圖分開我們兩人。

「不行！我也喜歡天真學弟！我才不會把他交給任何人！」

然而雪音小姐用力地抱緊我，說什麼也不肯放手。結果我的身體被三人緊緊勒住，簡直痛死啦啦啦啦啦啦！

「等等，妳們快住手啦！很痛耶！拜託妳們，暫時先放開我！」

「「「天真（學弟）（學長）閉嘴！」」」

「是……」

我說啊，我明明是當事人吧？為什麼不給我發言權？

「話說先等一下……現在仔細想想，我們繼續吵下去也沒有任何意義吧？」

「唔……的確，姊姊說得沒錯……」

「說得也是……畢竟又不能靠著強硬手段搶過來……」

三人說完後，暫且鬆手放開我，接著目不轉睛地盯著我看。

啊，不妙。總覺得背脊一陣惡寒。雖然很慶幸終於獲得自由，但似乎有更可怕的事態即將發生。

「天真！」「天真學弟！」「天真學長！」

三人同時開口叫我的名字。而後——

「「「我們三人當中，你喜歡的是誰！」」」

她們直接拋出直球問我！

「不、不……那個……妳們突然問我這個，我也答不出來……」

「天真究竟喜歡誰？是我？雪姊？還是花鈴？」

「當然是花鈴對吧！因為學長平時最疼我了嘛！」

「才不是！天真學弟絕對會選擇我才對！我可以對著這條手工項鍊發誓！」

雪音小姐向兩人展示出垂掛於胸前、我送給她的禮物。

「啥？那是什麼？天真，你是什麼時候送的，而且還只送雪姊一個人？」

「學、學長！也送給花鈴嘛！具體來說，花鈴最想要學長的吻！」

「妳、妳們先等一下！不要吵了！」

我出聲阻止眼看又快要吵起來的三姊妹。

「說到底，不管我喜歡的到底是誰，那根本就不是重點！妳們明明都已經有正式對象了吧！」

沒錯。三姊妹真正應該交往的，是肇先生替她們物色的相親對象，說什麼也不會是我這個地獄窮鬼。她們應該和出身名門的出色男性交往，捉住幸福的尾巴才對。

「才不要！花鈴不會去相親！我才不要和不認識的男生交往，對他逢迎獻媚！」

「我也是最討厭相親了！」

「雖、雖然我有身為長女的責任……即使如此，我還是想和天真學弟在一起！」

不過三姊妹似乎完全不打算把我的話聽進去。各個無視相親，一心一意只想要和我交往。

這下不妙啊……再這麼下去，三人都會因為我而偏離幸福人生的軌道……！我必須在這裡明確拒絕她們！

「就說了不行！以我的立場來說，絕對不能和妳們當中的任何一人交往！我的職責就是協助妳們成為出色的新娘嫁入名門！」

即使她們三個人都喜歡我，我也無法回應她們的心意。必須讓她們確實明白這一點才行！

然而——

「既然如此，只要讓學長喜歡上花鈴就好啦！讓你喜歡到忘記自己的職責！」

這傢伙還真是不會退卻耶————！完全講不聽————！

「正好這裡是賓館街……花鈴就用身體把學長迷得神魂顛倒吧！」

「休想得逞！既然如此，我就先全力攻陷天真！」

「別說大話了，妳們兩個才沒那種能耐呢！這種時候，還是得由我來引導天真學弟才對！」

奇怪……？這個發展是不是更不妙了？

三姊妹居然都想把我帶進賓館耶？

「天真學長，快點和花鈴恩愛吧！」

「天真！雖然我是第一次，不過我會努力的！」

「天真學弟！我會好好侍奉你的！」

「「「我們一起上賓館吧？」」」

嗯。這可不行。這個情況太不妙了。

要是繼續待在這裡，我恐怕會被襲擊。察覺到貞操危機的我轉身背過三姊妹，接著用難以想像是人類所為的速度狂奔起來。

「學長！等一下！」

「啊，等等——！不要跑，天真——！」

「天真學弟！別怕，快回來啊——！」

正所謂三十六計走為上策。

我澈底無視三姊妹的吶喊，一個人奔向車站。

※

「簡直倒楣透頂……」

我在那之後完全不甩三姊妹的告白，一路逃回神宮寺家。

三姊妹當然還沒回到家，不過回家的時間應該不會差太久。她們大概就快回來了。

必須趕在那之前，在自己的房門架好屏障才行。我用椅子和書架擋住房門，如此一來就算三姊妹回來了，也無法進入我的房間。

總算可以安心的我，無論肉體還是精神都已經疲憊不堪。於是，我像是要逃避現實一般地倒在床上。

「呼……呼……這樣應該就沒問題了吧……」

不過今天真是太令人驚訝了……想不到那三人居然都對我抱有好感……

「……！」

一想到這裡，臉頰便一口氣漲紅起來。我現在一定滿臉通紅吧。

總覺得……真的快不行了。老實說——簡直高興到快要升天了……！

有生以來第一次像那樣被女孩子真心告白。而且還是被三名顏值超高的美少女同時告白……就算是天菜級的帥哥，也不一定會有這種經驗吧。

當時實在太過驚訝了，現在回想起來，臉上便不由自主露出得意的賊笑……

「——唔，我這個白痴！有什麼好開心的！」

沒錯……我終究只是假想丈夫。以立場來說，是不容許和她們交往的。別說是我喜歡上三姊妹了，就算反過來也絕對不會被允許。再說，即使和我交往，我也不可能帶給三姊妹幸福。

雖然對她們很過意不去，也只能請她們對我死心了。而且最好越快越好。

萬一被肇先生知道「三姊妹都喜歡上我，因而想要回絕相親」，一定會認為我玩弄她們的感情吧……！就在相親之前，讓她們澈底放棄我吧。

「好……明天見面時，就明確拒絕她們的告白吧……」

剛才忍不住逃跑了，早知道就應該耐著性子，拚命地再三拒絕才對。必須不斷地推開她們，直到她們的心意冷卻為止。

如此一來，三姊妹就會忘掉我，把心思集中在相親對象。這樣對她們而言，才更能得到幸福。

況且，我對戀愛並不感興趣，也沒把三姊妹當成異性喜歡過。我當然也覺得她們三人都深具魅力。儘管變態，長得可愛又漂亮，個性也好得沒話說，而且住在一起之後還發現到三姊妹各自有著不同的體貼方式。不過，我絕對沒有喜歡上她們。我是說真的。

再說，我唯一喜歡過的，大概就只有小時候的初戀對象。在那之後就不曾再談過戀愛，也絲毫沒再動過談戀愛的念頭。

所以根本不可能對三姊妹心動。沒錯……半點可能性都不該有。

「唉……總之先冷靜一下吧……」

我起床打開衣櫥的門。這麼做是為了讓自己的內心平靜下來。

因為衣櫥裡放著以前初戀對象寫給我的信。過去我曾向月乃提過的那名女孩。在我升上小學之前，經常教我功課、陪我一起玩的少女。

她的信對我而言，可以算是一種情緒穩定劑。每當我感到疲憊或有什麼煩惱時，只要讀完信，內心就會不可思議地平靜下來。那封信總會勾起我的回憶，讓我感到愜意與釋然。所以當初接下這份工作時，我才會特地從家裡把信帶過來。

總之先把信拿出來看，安撫一下內心吧。

我在衣櫥裡翻找了一下，拿出一封因為年代久遠而顯得有些皺巴巴的信封。接著打開已經泛舊的信紙，上頭寫著我與女孩訂下的昔日約定。

『結婚證書：我長大後，一定要成為天真的新娘！』

十分可愛的筆跡，童言童語地寫著長大後要嫁給我的約定。

「哈哈……真的好令人懷念……」

果然只要讀完信，心情就會感到無比平靜。因思考過度而陷入疲乏的腦袋也得到了療癒，思緒頓時清明起來——

「……咦？」

此時，忽然閃過一絲異樣感。是有關於這封信上的筆跡。

「這個筆跡——總覺得最近好像在哪裡看過……」

我把信貼近眼前，仔細端詳起筆跡。定睛看著那略顯生疏、圓潤的可愛筆跡。

接著我忽然豁然開朗。

這封信上的筆跡明顯和三姊妹的筆跡非常相似。

第三章　修羅場總是那麼性致高昂

和煦的陽光從窗簾的縫隙間灑入房內，提醒我早晨的來臨。

「……唉……」

我抓著棉被，慢條斯理地坐起身。我現在的臉，大概憔悴得嚇人吧。

結果昨天晚上徹夜未眠。永無止盡地反覆思考三姊妹的告白，遲遲沒有半點睡意。

她們向我傳達心意的告白場面總會擅自浮現腦海，我一邊試著揮開那些畫面，一邊思考著該用什麼話語拒絕她們才好。然後當我下定決心甩掉她們、準備再次入睡時，腦海又會浮現三姊妹的告白，就這麼有如鬼打牆般地無限重覆。

此外，還有新注意到的另一道疑惑，同樣讓我百思不解。

三姊妹當中的某人，很可能是我的初戀對象……

不，我在理智上當然很清楚這是不可能的事。就算信上的筆跡和三姊妹的再怎麼相似，也只不過是巧合罷了。

然而……內心卻難以自制地在意起來。忍不住把對初戀少女的戀慕情愫，投射在三姊妹身上。

結果使得心底對三姊妹的告白耿耿於懷的糾結情緒越漸漲大……

「唔哇，別想了！不可以！不能去想這些事！」

要是一直想著這些事，只會不自覺地加深對她們的好感。這可不是個好現象。因為我無論如何，都絕對不能喜歡上三姊妹。

「……總之，差不多該起床了……」

我現在該做的事情只有一件。那就是和三姊妹好好談談，並且明確拒絕她們。儘管實在提不起勁，而且又很緊張，但為了履行工作還是非做不可。只許成功，不許失敗。

我看了一下時間，已經是早上八點多。這個時間的話，三姊妹應該都已經起床，聚在客廳了才對。

我拖著剛起床的身體，奮力移開昨天晚上架好的屏障，以便能打開房門。

接著做好與她們好好聊聊的覺悟走出房間。

「天真！早安！」

「早安，天真學長！」

「天真學弟早！昨晚睡得好嗎？」

三姊妹全員到齊，列隊迎接我。

「啥？」

該、該不會……她們一直站在房間外等我吧……！

看到她們的瞬間，我的心臟重重跳了一拍。緊張、羞恥以及昨天逃跑的罪惡感，千思百感全都混雜在一起。

她們大概是來找我重新談談昨天的事情吧……三人掛著近乎矯作的滿臉笑容爭相走向我。

不、不妙……！出其不意的事態發展，大大動搖了我的覺悟……不過，還是得說清楚、講明白才行！儘管難以開口，仍然得毅然拒絕她們的愛意——

「天真，你怎麼了？看起來沒什麼精神耶？」

「咦？呃……哪有，才沒那回事……」

「真的嗎？既然沒事的話，就快來吃早餐吧。花鈴肚子都快餓扁了。」

「今天的早餐是日式定食喔～希望合你的胃口。」

「學長！快點下樓吧！」

三姊妹推著我前往客廳。

「奇、奇怪……？」

總覺得三姊妹的態度和我預想中的不太一樣……？

還以為她們會為了昨天的事繼續追著我要答案，不過看起來似乎沒那回事。虧我原本打算：只要她們一提起那件事，我就立馬開口拒絕……突然有種莫名的虛脫感。

莫非她們已經死心了……看到我從愛慕我的女孩子身邊轉身逃開的窩囊樣後，原本的熱情便冷卻了？

是、是嗎……原來是這樣啊……若是如此的話，我也就能放心了。這麼一來，她們應該就能專心考慮相親的事了。

等等，可是……既然如此，她們又何必特地站在房門口等我呢？

※

我跟著三姊妹來到一樓的飯廳，早餐早已經準備好了。剛煮好晶瑩剔透的白飯、還冒著白煙的熱騰騰味噌湯、以高湯浸泡入味的涼拌菠菜、柔滑鬆軟的高湯煎蛋捲，再加上鹽烤鮭魚。

「雖然只是簡單的幾道菜，但都是我努力做的喔～快點吃吧！」

「每次都麻煩妳了。我要開動了。」

我坐在自己的位子上，三姊妹同樣一如往常地定位坐好。我的正前方是雪音小姐，旁邊是花鈴，而月乃則坐在我的斜對面。

我拿起筷子，二話不說便開始享用早餐——

「來，天真學弟。張開嘴巴～」

雪音小姐挾起一塊高湯煎蛋捲遞到我的嘴邊。

「咦……？」

只見雪音小姐掛著一臉姨母笑地作勢餵我吃蛋。

見狀的其他兩人也分別把筷子伸向我。

「吶，天真，比起雞蛋，你應該更愛吃魚吧？要不要吃吃看我的烤鮭魚？」

「先別管魚了，還是從蔬菜開始吃比較健康。吃一口花鈴的涼拌菠菜吧♪」

「咦……咦……？」

看著從三個方向同時伸過來的筷子，我不禁大感困惑。

不僅如此，三人身上彷彿還散發出危險的氣場。

「……吶，我說妳們兩個。這一桌菜可都是我煮的耶？我認為我才有這個權利餵天真學弟。」

「是誰煮的這點小事根本就不重要。重點應該是學長想要接受誰的餵食吧？」

「那當然是我嘍。光看天真的表情就知道，他臉上正寫著只要吃我餵的。」

三姊妹怒目相視、火花迸射。嗯，這種氣氛非常不妙。

「月乃，妳那種解釋只是自作多情吧？因為天真學弟明明就是想對我撒嬌呀！」

「不，我才沒有想要撒嬌！不要胡扯啦！」

「來，學長。把嘴巴張開♪」

「花鈴妳也給我等一下！妳們到底在想什麼——」

「啊，怎麼可以趁亂偷出手！既然如此，我也要——來，天真快吃吧……」

「不是，為何要用嘴巴叼著鮭魚？為什麼會打算用嘴巴餵我？」

難道她們三人是真心想要攻陷我嗎……？為了讓我喜歡上她們並且和她們交往，於是對我狂獻殷勤……？

一定是看到我昨天的反應後，認為光只有告白還不足以攻陷我。於是為了抓住我的心，才會身體力行、主動出擊吧。

「天真學弟？你怎麼了？」

「不必客氣喔？」

「來呀，天真。快點張開嘴巴嘛？」

三姊妹溫柔地作勢餵我吃飯。掛著有如天使一般的可愛笑容，將筷子伸向我。只是在那張笑臉的背後，很明顯就是姊妹鬩牆的戲碼。

喂喂喂！這種情況根本就是修羅場嘛！三個人正為了爭奪我而明爭暗鬥！

不行。不能放任她們這麼繼續下去。因為她們再過不久，就要去相親了啊！在這種情況下，她們絕不可能迷戀上其他男生。

必須要求她們立刻停止這種誘惑花招。同時還得訓斥她們別再這麼做，快點對我死心！因為我絕不可能和她們任何一人交往。

可是……！

「唔、唔咕……！」

為什麼我遲遲無法堅決地否定……！

如果是昨天之前的我，一定能明確地拒絕。大喊「誰會乖乖接受餵食啦！」抵死反抗，儘管再怎麼難以啟齒，也早就針對她們的告白做出回覆了才對。畢竟一切都是為了忠實履行自己的職務。

然而現在——每每想要開口拒絕她們的告白，腦海便會閃過那封信。

總會不由自主地把她們當成異性看待。

全力向我撒嬌的花鈴，有如幼犬一樣可愛；溫柔又善解人意的雪音小姐，有著讓人忍不住想要依賴她的魅力；平時對我的態度總是尖酸帶刺，但其實很喜歡我的月乃則是相當惹人憐愛。

都是因為讀了那封信，害我現在遠比以往更加意識到三姊妹的魅力。而她們對我懷抱的愛意，我也無法繼續視若無睹。

老實說，我的心臟現在跳得超快！光是三姊妹親手餵我吃飯，胸口便莫名地鼓動不已，臉頰燙得幾乎就要燒起來了！

「唔……！唔噢噢噢噢！可是不可以啊啊啊啊！」

我仰天長嘯，大聲向自己喊話，藉此喚回自己的鋼鐵理性！

「妳們三個聽好了！我的工作是讓妳們成為出色的新娘嫁入名門！所以，無論妳們怎麼愛慕我，我也不能和妳們交往！」

好不容易總算開口拒絕了。

「還有其他更適合妳們的對象！所以妳們就放棄我吧！」

「……不要。」

咦……

「花鈴和姊姊們根本不想接受什麼相親！比起相親對象，我們更想貫徹自己的戀情，所以一定會全力攻陷學長！絕對會要讓學長成為我們的愛情俘虜！」

「再說了，根本不存在所謂更適合的對象。因為我們只要天真呀！」

「沒錯！我們三姊妹只喜歡天真學弟！」

她們還真是一步都不肯退卻耶！

三姊妹的意志遠比我想像得更加堅定……！看來不管我再怎麼拒絕，她們都不會停止誘惑我。在我喜歡上三姊妹當中的其中一人之前，她們不打算停止這種修羅場了！

「還是說，天真學長討厭我們三姊妹呢？所以才無法和我們成為戀人？」

「什……！」

花鈴如此問道，臉上表情顯得非常不安，然而眼神中卻帶有堅定的覺悟。其他兩人也以同樣的眼神望著我。

這時候我只要回答「沒錯，我討厭妳們！」或是「我從來不曾把妳們當成戀愛對象！」，應該就能立刻平息這場修羅場吧。三妹妹說不定也會對我死心，做好覺悟接受相親的安排。

可是……現在我卻怎麼也說不出口。在我已經把她們當成深具魅力的女性看待的現在，我的心不允許自己做出這樣的回覆。

「唔……！唔噢噢噢噢！」

取而代之……我動作飛快地把擺在自己盤子裡的食物送進嘴裡。

「啊！等一下，天真！你突然這是在做什麼？」

我無視一臉錯愕的三姊妹，完全顧不得品嘗味道，一股腦兒地吃著自己的菜肴。

而後，絲毫不理會大家朝我伸來的筷子還舉在半空，我逕自從座位站起來。

「妳們給我聽好了！我絕對不會和妳們交往！」

拋下這句話後，我便拔腿逃回房間——這是我當下唯一能做的事。

※

「可惡……！我到底怎麼了……！」

我坐在床上，猛烈反省自己剛才的所作所為。

花鈴剛才問我的那句話……我當時明明應該回答她「我討厭妳們」，那才是最正確的做法，才是從肇先生手中接下這份工作的我應盡的義務。

然而我無法欺騙自己的心情。

明明想要明確拒絕她們，到了緊要關頭卻一句話也說不出來……不禁好氣如此窩囊的自己。如果是過去的我，一定可以果斷地表明清楚吧……！

就在時此，房門突然被人打了開來。

「！」

我嚇得回頭望向房門。

「吶，天真……可以打擾一下嗎……」

月乃踏著平靜的步伐緩緩走進我的房間。

「月、月乃……要進來之前，至少先敲個門吧……」

「抱歉……因為我有些話想要趕快告訴你……」

有話告訴我……聞言我反射性地升起戒心。畢竟剛剛才發生那些事，我現在只有滿滿的不祥預感。

不過月乃一臉哀傷地開口說：

「那個……天真，剛才很對不起。」

「咦……？」

「就是剛才早餐時發生的事。我們那麼做，也只會害天真感到困擾吧？」

和我的預想相反，月乃靜靜低下頭。原本以為她又想要耍什麼花招，沒想到只是來道歉。

「月乃……」

難道她們已經明白我的苦衷了？知道我真的非常困擾？而且也認清不管她們再怎麼真心告白，我也絕對不能和她們交往？

「真的很對不起……我不會再用那種方式誘惑你了……」

「算、算了……妳不必那麼鎮重地道歉啦。」

只要她們能明白就好。我移動腳步準備走到月乃身邊，扶起她低垂的臉。

此時，她繼續接著說：

「往後我會更加毫無顧忌地全力誘惑天真！」

「啥？」

月乃的話讓我當場一陣錯愕。

我還來不及回神，月乃便突然脫掉上衣。

「什……！喂，月乃！」

「雖然這麼做有點羞恥……不過，請你好好欣賞我的胸部吧……？」

月乃邊說邊向我露出水藍色的胸罩。緊接著她以雙手捧住自己的下半球，將胸部往上抬高，更加突顯出晃蕩雙峰的傲人尺寸。

「如……如何？天真……我的胸部應該很有分量吧……？而且還非常柔軟喔……」

「不、不對……！妳到底在做什麼？妳有什麼目的？」

該不會又開始發情了吧？不，感覺又好像不太一樣。口氣態度都和平常相同，眼前的月乃應該還很清醒。

但若真是如此，反而更加讓人疑惑了。她剛剛明明才說過不會再誘惑我吧！

「嗚……我的臉燙得都快噴火了……！可是，如果只是溫吞的誘惑方式，一定會讓天真還有餘地踩下煞車。因此，我決定接下來要竭盡所能地大肆誘惑你——讓天真再也無法克制自己。讓天真顧不得工作，縱情地侵犯我！」

等等，原來是指這個意思嗎嗎嗎嗎！那句「不會再用那種方式誘惑你」，原來是指「要用更加激烈的手段」嗎——！

「等等，就說了不行啦！誘惑這個行為本身就是不應該的啊！」

「可是天真剛才被我們輪番進逼時，明明就很心動吧……」

「那、那是因為……！」

「再說，你無法果斷地說出討厭我們，就代表還是有機會的吧……？既然如此我就絕對不會罷手！」

怎、怎麼會……！我的心情還有內心的迷惘，都全被月乃看穿了！

「還是說，光是這樣還不夠……？既然如此，這裡也給你看吧！雖然覺得很羞恥、很害羞……！」

月乃把手伸進裙子裡，脫掉穿在底下的內褲。

帶有蕾絲的大紅色內褲，靜靜躺在月乃的腳邊。

「！」

她就這麼握住裙襬稍微往上提起。要是角度再大一點，裙子底下一絲不掛的美好風光就會完全暴露出來。

「吶，天真……想看嗎……？我最性感的部位……」

「別、別鬧了，笨蛋！算我拜託妳！把內褲穿好啦！」

「為了成為天真的女朋友，我什麼事都願意做……即使羞恥得要命，只要天真開口，我甚至可以全身脫光，不管再怎麼色情的PLAY，我都能配合。我想把自己的身體，獻給天真一個人……」

從月乃口中滔滔不絕地吐露出很難與至今為止的她聯想在一起的發言。

「天真可以把性慾全都發洩在我身上……所以，請你只看著我一個人就好……」

月乃滿臉通紅得有如著火一般，露出悲切的表情對我訴說。只是……

「就算妳那麼說，我也不會和妳交往！而且，妳要是再不停止，發情癖就真的會發作喔……」

「無所謂……那麼一來，我就能更大膽地誘惑天真了……」

這傢伙居然打算拿發情癖當作武器誘惑我？過去明明那麼憎惡自己的發情癖，如今卻主動拿來利用？

「天真……你可以肆意地把我當成玩物——對我做色色的事吧？」

月乃再次把裙子往上撩高，主動露出私密部位。

「唔！」

我急忙別開視線。看來月乃是真心想要誘惑我！

「呼……呼……天真……光只是用看的還不夠嗎……？要不然……來做點更惹火的事吧……？」

月乃緩緩朝我靠近。隔空都能感受到她熾熱的粗重喘息，我知道她就快要發情了。

我的心臟也隨之騷動起來。月乃的女性魅力——從唇瓣間流洩出的甜蜜氣息，剛才一瞬間不經意瞥見的白皙肉感大腿，再再喚醒我的強烈情慾。

雖然以前從來不曾有過非分之想，但現在卻對月乃感到強烈的異性吸引力，無論如何都會忍不住以有色眼光看待她。

「……！」

我無意識地嚥了一下口水。感覺得到身體逐漸發熱，自己正開始興奮起來。再加上緊張過度，身體完全無法動彈。

趁著我僵止不動時，月乃靠近我的耳邊輕喃：

「如果是和天真，我可以喔……？所以，儘管對我為所欲為吧……？」

朵朵紅暈轉眼間便爬滿月乃的臉龐。

「天真……和我上床吧？」

繼續待在月乃身邊肯定會出事！無論是她，還是我的理性。

「唔哇啊啊啊啊啊啊啊啊啊啊啊啊！」

我再也承受不住地邊喊邊衝出房間。

這下只能先逃再說了。唯一的辦法就是先離月乃遠遠的。

話說我最近怎麼一直在逃跑！完全有違我平時的作風耶！

要是之前的我，一定會想些奇特作戰，或是使用自製道具巧妙閃躲她們的攻勢……

現在卻想不出半點辦法……！

現在的我果然太不像平常的自己！因為太過在意月乃她們，理智和精神力幾乎完全罷工！

可是……儘管知道自己很失常，卻又束手無策，不知如何是好。

結果現在的我唯一能做的，就只剩下逃跑了。

※

「不行……！根本一刻都不能放鬆……！」

這個家好危險。太危險了！

在被月乃侵犯之前，我急急忙忙逃進脫衣間。除了洗澡的時段以外，平時不會有人靠近這裡。不過前提必須是三姊妹沒有到處找我……

「不……她們一定會找過來……」

月乃絕對依舊虎視眈眈地想要誘惑我。花鈴和雪音小姐當然也應該會採取相同的行動。我敢說只要繼續待在這個家，就不會有安全的藏身之處。

既然如此，還是儘快到其他地方避難最保險。

「沒辦法了……先暫時回家吧……」

在三姊妹冷靜下來之前，最好先找個地方躲起來。關於這一點，剛好三姊妹都還不知道我住哪裡，而且我也很擔心葵，如果是我家的話，應該會是逃離修羅場的最佳避難處吧。

好！既然決定好了，就立刻行動吧！

不過——

「在那之前，我好想先沖個澡……」

昨天發生太多事，害我忘了要洗澡，一直把自己關在房間裡。全身實在有點癢，而且也不想就這樣出門。還好平時雪音小姐總會在脫衣間的架子上事先準備好換洗物，總之洗好澡後，就回家一趟吧。

「不過還是得千萬小心才行……」

難保雪音小姐不會又像以前一樣突然衝進浴室來。必須先想好對策，以便洗澡洗到一半時，萬一有人進來也能立刻應對。

為了保險起見，我在腰間圍上毛巾，同時提醒自己務必隨時注意脫衣間的動靜，接著打開通往浴室的門。

「歡迎光臨——！」

裡頭等著我的是全身赤裸的花鈴。

「唔哇啊啊啊啊啊啊啊！」

喂喂，嚇死我了！膽大如我還是差點嚇破膽——！

咦？為什麼？為什麼花鈴會在這裡？脫衣間明明沒看到她的衣服，我也完全沒注意到她的存在！雖然預測到了後有追兵的可能性，但壓根兒都沒料想過前方會有埋伏！

而且這傢伙居然全身上下什麼都沒穿！就連內衣褲、毛巾都沒有，名副其實地一絲不掛！不，這裡畢竟是浴室，全裸也是正常的……

可是如果是來洗澡的，浴室完全沒有使用過的跡象。不但室內沒有半點水蒸氣，花鈴身上也沒溼，而且浴缸也沒放水。

「我、我說妳啊！在這裡做什麼啦！」

我連忙別開視線，同時大聲斥責花鈴。接著只聽見花鈴口氣愉悅地笑著說：

「當然是在等學長呀。學長昨天好像沒有洗澡，所以花鈴就猜想：以學長的個性，早上一定會來洗澡吧——」

我的行動模式都被掌握住了……！真不愧是一起生活了這麼久……

等等，現在可不是佩服的時候！

「妳幹嘛在這裡等我啊？話說妳快點把身體遮好啦！」

「別擔心！我有確實穿上內衣褲喔！」

「不，怎麼看都沒穿吧！」

「才不是呢！學長仔細看好！」

花鈴靠近我，硬逼我看她的身體，於是我發現她的乳頭和最敏感的部位的確貼了什麼東西。

那正是小小的ＯＫ繃。

「看到沒？花鈴真的有穿內衣褲吧！」

「不，ＯＫ繃可不能算是內衣褲！四捨五入還是算全裸喔！」

「就說了不必擔心嘛！別管那些小事了，學長是來洗澡的吧？那就一起洗吧！」

「我拒絕！我想一個人洗就好，妳快點出去！再說妳沒必要挑這個時候洗吧？」

「別這麼說嘛！花鈴剛好也想來沖個澡！」

「不然換我出去好了！」

「休想逃走！天真學長！」

我正打算離開浴室時，花鈴早一步繞到門前堵住我的去路。

「在學長成為花鈴的俘虜前，絕對別想離開這裡！花鈴要用這副身軀攻陷學長！」

「啥？」

果然連妳也是！連妳也打算誘惑我嗎！

「來吧，學長……你可以恣意享用花鈴的身體喔？」

花鈴將手繞到自己的後腦擺出性感的姿勢，同時突顯出胸部。

「嗯嗯……學長……請盡情看遍幾乎全裸的花鈴身體！如果是學長的話，花鈴很樂意露出羞羞臉的小巧胸部給你看喔……！」

「…………！」

微微隆起的胸部儘管不顯眼，仍充分展露出女性特有的曲線。

雖然至今為止被迫看過好幾次花鈴的裸體，但此時的自己卻升起一股過去不曾有過的興奮感。不只是胸部，還有纖細的四肢和清瘦的柳腰，整個人的骨架顯得嬌小玲瓏，可愛得讓人難以招架。

不、不行……！我果然也對花鈴異常地在意！

「再多看一點嘛……好好欣賞花鈴的裸體吧……！」

「不了，不需要！妳完全不必露給我看！」

不過，內心的這道動搖情緒當然不能表現出來。我故作鎮定地否定。

「啊，學長。你是不甘心只能用看的嗎？不然這樣吧，難得都來到浴室了，來玩一下色情謎店的扮家家酒吧！請學長把情慾全數發洩在花鈴身上吧！」

「不了，我才不會對妳發洩！拜託妳讓我走啦！」

「那可不行！我要在這裡和學長生米煮成熟飯！這樣就沒人可以拆散我們了！」

「什——唔哇！」

花鈴冷不防地撲向我，抱住我的身體。

這傢伙為了搶在兩位姊姊前把我追到手，居然不惜來硬的！打算霸王硬上弓！

「笨、笨蛋！不行啦！女孩子這樣不好喔！現在立刻放開我！」

「別擔心……花鈴馬上就會讓學長感到舒服的……一切交給花鈴吧！」

花鈴伸手抵在我的胸膛上，然後挑逗似的撫摸起來。

「呼……呼……學長的身材真是又高大又強壯呢……讓花鈴的胸口悸動不已……小

咪咪忍不住抽搐起來……！」

接著花鈴將小巧玲瓏的胸部緊貼在我身上。近乎喧囂的心跳聲和唇瓣間流洩出的熾熱吐息，全都鉅細靡遺地傳達給我。

看來花鈴……是非常認真的。她已經做好覺悟，要和我跨越最後一條線。

「喂，花鈴！拜託到此為止吧！再繼續下去，真的會很不妙！」

「不行……！學長才是早點認命吧。學長很快就會變成花鈴的人了……」

我試圖出聲制止，但花鈴完全聽不進去。

她進一步加重力道抱緊我，並且靠近我的耳畔輕喃：

「來吧，學長……！和花鈴做愛吧？和花鈴合為一體吧？」

「……！」

花鈴噙著一抹豔色四溢的笑容，一隻手移向我的下半身——

「休想得逞，花鈴！」

就在緊要關頭，浴室的門突然被人打開。

「什……！雪音小姐！」

「雪音姊！唔……被發現了嗎！」

出現的正是雪音小姐。她雙手扠腰，怒不可遏地瞪著我們兩人。

這……這下不妙！被當場看到這一幕，花鈴的變態性癖恐怕瞞不住了！必須趕快想個藉口！

——就在我這麼想的瞬間，雪音小姐也跟著脫掉衣服。

「呶啊！」

由於事情發生得太過突然，我忍不住發出怪聲。

雪音小姐把身上的T恤、裙子和內衣褲全部脫光，露出毫無防備、宛如初生嬰兒的原始姿態。她那肉感十足的軀體堪比性感路線的豔星，波濤洶湧的雄偉雙峰撩人慾火地擺晃著。

「…………！」

白皙細滑的巨乳豐腴飽滿得彷彿隨時都會炸裂。那近乎暴力的震撼魄力，讓我當場為之噤聲。賁張而來的壓倒性母愛光輝，讓我在她身上感受到前所未有的魅力。

接著她晃動著一絲不掛的傲人巨乳走到我身邊。

「不可以偷跑喔，花鈴！因為天真學弟應該由我來服侍才對！」

不是吧，居然是這種發展？妳也打算摻一腳的意思嗎？

「唔……！姊姊不准橫刀奪愛！是花鈴先看上學長的！」

「根本無關先後順序！我才是最喜歡天真學弟的人！」

雪音小姐用力摟住我的右手臂，企圖把我從花鈴身邊拉開。

花鈴也加以對抗，依依不捨似的勾住我的左手臂。

兩人就這麼一左一右地包夾我，像是拔河一般互相爭奪。

就在此時，第三勢力出現了。

「不可以！天真是屬於我的！」

月乃大概是聽到騷動聲，於是急忙跑來脫衣間吧。

一進來後，月乃同樣沒兩三下便全身脫光，從正面撲向我。

話說連妳也要參戰嗎！

還有啊，妳們別動不動就脫衣服啦！幹嘛不穿著衣服進浴室就好！

「我才不會把天真交給任何人！花鈴和雪姊都快點死心吧！」

「少說任性話了，姊姊才不會聽妳的！天真學弟應該和我在一起才對！」

「這句話是花鈴要說的！學長明明就想和花鈴交往！」

三人的戰火再度引燃。全身赤裸的三姊妹表情非常認真地為了搶奪我而脣槍舌戰起來。

我說啊，這到底是什麼地獄時間！

「姊姊們別來礙事！最先喜歡上學長的是花鈴耶！」

「可是天真對我的身體感興趣！對吧，天真？你剛才因為我的裸體而興奮了吧？」

「妳們兩人的裸體根本不夠看！天真學弟一定也覺得巨乳比較好吧？你很想看我的胸部對吧？」

「巨乳什麼的，根本只是猥褻又沒節操！花鈴的小咪咪才更有附加價值！」

「花鈴只是還沒發育吧？小孩子想要誘惑男人還太早，趕快回房間去吧。」

「在我看來，妳們兩個都是小孩子呀？大人至少要有這種程度才行。」

雪音小姐如此說道，像是故意炫耀般地擺動雄偉雙峰。豐滿欲裂的渾圓果實，水波蕩漾般地柔軟彈晃著。

月乃和花鈴見狀登時冒出青筋。

「女、女生的價值又不在胸部！再說，我也對自己的屁股很有信心呀！」

月乃轉過身，朝著我撅起屁股。渾圓姣好的美臀，風情萬種的圓潤曲線，白得發光的肌膚沒有半點疤痕。無論是美麗形狀或尺寸，都讓人聯想到飽滿多汁的水蜜桃。

「如果是天真的話，可以伸手摸喔……？請撫摸我的屁股吧……！」

喂，月乃！妳這是快要發情了吧！快點穿上衣服！然後立刻離開！

「再說雪音姊根本就只是胖而已！那才不能稱為巨乳呢！」

「才、才不是！我的體重和妳們又沒有差很多！應該！」

「比起妳們兩人，一定是我更能滿足天真……！」

三姊妹之間火花迸射，妳瞪我、我瞪妳地互相對峙。

「既然如此……究竟誰最適合學長，就在這裡一決勝負吧！」

「求之不得！好好見識一下身為姊姊的威嚴吧！」

「我絕對不會輸的……！呼……呼……！」

三姊妹為了重整態勢，同時從我身邊退開。

而後依序向我自我推銷起來。

「學長！多看看花鈴的裸體吧！透過花鈴的身體感受更多的興奮快感吧！」

我說啊，妳也有點羞恥心啦！妳的暴露狂性癖會被發現喔！

「天真學弟，讓我來服侍你吧？成為我一個人的主人吧？」

不要在大家面前叫我主人啦！被虐狂本性完全暴露出來嘍！

「呼……呼……天真……！襲擊我吧！好想做點更加好色的事。」

就叫妳不要發情了啦啊啊啊啊！拜託稍微隱藏一下性癖啊啊啊啊！

她們三個是笨蛋嗎！這下真的非常不妙！她們居然不顧其他姊妹也在場，對我發動色誘攻勢！甚至還以自己的性感本錢當武器，將性癖展露無遺地打算攻陷我！

也不知道是因為三姊妹當下都太過專注於這場正宮爭霸戰，又或者單純認為對方的好色行為只是為了攻陷我的戰略，彼此居然都沒發現其他人的性癖。

不過，那也只是時間早晚的問題吧！再這樣下去，性癖什麼時候會曝光都不奇怪！

如此岌岌可危的狀況，我實在快看不下去了！

而且……坦白說，我也有點危險。

有可能是我初戀對象的三姊妹，正當著我的面一絲不掛地為了搶奪我而爭執不下。

這種狀況下，我可沒自信可以一直保持冷靜。

自己從剛才開始便一直對三姊妹的曼妙身材感到強烈的異性吸引力，加速狂跳的心臟鼓譟得幾乎泛疼。

尺寸大小各有看頭的胸部隨著她們的動作柔軟晃動，挺翹的臀部描繪出柔暢曲線。女孩子特有的圓潤身材，不由得讓我感到興奮。

「如果是學長的話，花鈴願意把自己的一切都給你看喔！」

「我願意一輩子服侍天真學弟！」

「我的身體、我的心靈，你都可以儘管奪走！」

緊接著她們開始出招誘惑我，各個都想把我變成自己的人。

她們或許是我的初戀對象——一想到這個可能性，各方面的自制力便瀕臨極限。

「啊——夠了！妳們給我差不多一點——！」

我故意對著三姊妹大聲咆哮，順便藉此硬生生壓下自己的慾望。

※

在那之後，我從三姊妹的中間穿過去，急急忙忙鑽出浴室。

接著把她們阻止我的呼喚聲拋在耳後、快速換好衣服後，便逃離了神宮寺家——趁著她們又想使出花招誘惑我之前。

「唉……真的好險……」

要是繼續待在浴室，自己的理性肯定會瓦解。那樣的修羅場我實在敬謝不敏，會害我從此走上人生的不歸路。

「話說回來……原本感情那麼好的三姊妹，居然會吵到不可開交……」

而且原因還出在自己身上，總覺得心情非常複雜。戀愛真的好可怕……

但是……要是我繼續留在那個家，現在的情況大概會變得更加棘手。搞不好三姊妹的性癖真的會被互相拆穿也說不定。

她們的目的並不像過去只是單純為了發洩性慾；而是想要誘惑我，把我變成自己的人，因此手段也比以往更加激烈。

為了防止她們的性癖曝光，我不得不暫時離開神宮寺家避避風頭。

「再說……難保我不會對三姊妹動了真情……」

說什麼也不能被三姊妹知道，我其實非常在意她們。光是告白就已經夠讓我心生動搖了，再加上那封信的事，使我更加耿耿於懷，現在滿腦子都在煩惱她們的事。

在那種狀態下，若是持續受到她們的誘惑，我的身體和理智恐怕會撐不住——遲早會忘記自己的職責，被她們牽著鼻子走吧。面對她們的魅力，自己很可能會真的喜歡上三姊妹的其中一人。

而且，儘管可能性微乎其微……但萬一三姊妹當中真的有人是我的初戀對象……我是否還能保持一如往常的態度對待她呢……

「說真的……到底會是誰呢……？」

如果寫那封信的少女就在三姊妹當中……信的主人究竟是誰？

若是比對她們的筆跡，是不是就能推敲出答案……？

「等、等等……！我在想什麼……！」

就算那麼做也沒有意義。即使真的找到人，我終究配不上三姊妹。憑我這種貨色，根本沒資格和她們交往。

再說那畢竟是很久以前寫的信，並不能百分之百確定兩者筆跡真的相符，只是恰巧相似的可能性還比較高。應該說，想也知道只是相似罷了。

對現在的我來說，與其浪費心思去鑽這種無謂的牛角尖，還有其他更重要的事情必須好好思考。包括如何讓三姊妹和好，以及該怎麼說服她們對我死心。

我現在非常需要時間去深入思考這些難題。

總之，我決定先冷靜下來好好想想。理清思緒後，我邁步走向久違的老家。

※

回到家後，我穿過令人懷念的大門玄關進到屋內。

「葵——我回來了喔——哥哥回家嘍——」

接著我一邊呼喊最可愛的妹妹，一邊走進客廳。

隨即就看到葵坐在和室桌前，不知道在做些什麼。

「咦……？哥、哥哥！」

不知道為什麼，她一看到我就整個人嚇一跳地驚呼出聲。

下一秒便急急忙忙地把原本擺在和室桌上的某樣東西藏到坐墊下。

「葵、葵……？妳怎麼啦，那麼驚訝？」

「沒、沒什麼！人家完全不驚訝！」

葵乒乒乓乓地慌張收拾桌面，嘴上還死不承認。

呃，這很明顯就是非常驚訝吧……而且藏東西的動作被我看得一清二楚喔？雖然本人一心以為沒被拆穿……

「真是的……虧人家正漸入佳境耶……」

漸入佳境……？她剛才到底在做什麼……？總覺得有點好奇。

「哥哥！要回家的話，拜託先通知一聲啦！這樣至少可以先泡好茶等你！」

「喔、喔……抱歉。不過，我也是臨時決定回來的。」

「是喔，那就沒辦法了……可是工作怎麼辦呢？」

「因為有一些不得已的苦衷……所以先暫時拋下工作回來了。」

「哼嗯……雖然不是很清楚，但真是難為哥哥了。」

即使我只有含糊帶過，葵還是依稀看出我吃了不少苦頭。如此善解人意的妹妹實在太討人喜愛了。

「那麼哥哥就好好休息吧。我去幫你泡茶喔。」

「謝謝，那就麻煩妳了。」

葵踩著輕快的腳步走向廚房，狹窄的客廳頓時只剩下我一個人。

「呼……終於可以放鬆了……」

好不容易暫時遠離三姊妹，精神也平靜了不少。儘管問題還沒有澈底解決，現在就先稍微喘口氣吧。

「只不過……這個家還是一如往常地擁擠耶……」

和神宮寺家比起來，我家根本就像倉庫。在她們家住慣了之後，更加體會到自己的家有多麼寒酸。雖說如此，畢竟是自己的家，還是莫名地讓人感到平靜。

我重新認真地環顧這個家一周。充滿使用痕跡的老舊和室桌，早已千瘡百孔的榻榻米，用來代替冷氣、全速運轉的電風扇，擺在屋內角落的最小尺寸液晶螢幕，還有剛才被葵坐在屁股底下的坐墊……

「…………」

葵那傢伙……剛才究竟偷藏了什麼……？

既然會特地藏起來，就表示那是葵不想被人看到的東西。就算身為兄妹，探人隱私總是不好。然而我還是非常在意，於是盯著坐墊，腦海裡浮現出各式各樣的想像。例如葵把零分考卷藏起來，或是她剛才其實正在寫詩之類。

同樣的情況如果換成三姊妹，絕對和色色的事脫不了關係——

「等、等等……！莫非……是什麼可疑的東西……？」

不、不不不……這怎麼可能……唯獨我家的葵絕對不會……拜三姊妹所賜，害我現在動不動就會想到那方面去。

不過，剛才葵藏東西時的慌張模樣……就好像國中男生看A書看到一半，急急忙忙藏起來似的。反而更讓人覺得除此之外，別無可能了。

喂喂喂，不會吧……？那個宛如天使一般的葵居然會偷看色情書刊……！究竟會是什麼樣的書？該不會是《暴露狂的私心推薦》吧！哥哥絕不允許妹妹脫光光啊！

不，先冷靜一點……事情又還沒有確定。

可是，如果真的是色情書刊，身為哥哥必須好好訓戒她一番才行。畢竟葵還是國中生，現在就接觸那種書還太早了。

「…………」

我的手不由自主地伸向坐墊。

我當然知道不應該這麼做，但既然不排除有可能是對教育不好的書刊，那麼還是得確認一下才行。要是連葵都染上了變態惡習，哥哥真的會哭死。

接著我毅然掀開坐墊，偷看葵藏起來的東西。

「這是……」

壓在坐墊底下的是一張講義和幾張作文稿紙。我看了一眼講義，上頭寫著「自由作文須知」。看來應該是學校出的暑假作業吧。

也就是說，稿紙上寫的就是暑假作業的作文吧。
我不經意地瞄到第一張稿紙。
開頭標題寫了〈我的哥哥〉幾個字。
「嗯？」
大吃一驚的我忍不住開始逐字閱讀起內容。
『我有一個就讀高中的哥哥。我的哥哥是個非常出色的人，明明自己也還是學生，卻每天忙忙碌碌地工作，只為了讓家人——尤其是讓我過著衣食無缺的生活。哥哥目前因為工作的關係暫時住在別人家，最近一直沒機會見面讓我好寂寞，但我會由衷支持哥哥。因為我最喜歡哥哥了——』
稿紙上寫滿平時的葵絕對不可能說出口的讚美話語。
「葵、葵……原來妳那麼喜歡我……！」
握著作文稿紙的手情不自禁地加重力道。
作夢都沒想到妹妹居然會如此感謝我……如此仰慕我……！
我感動到熱淚盈眶。難以言喻的喜悅有如湧泉一般滿溢胸口。
「啊啊……活著真的太好了……！」
自己一直以來疼惜妹妹的心意，葵都確實感受到了……一想到這裡，就覺得一切都值得了。

就在此時，背後傳來物品破碎的「喀啷」聲響。

「！」

我聞聲回過頭，只見葵有如僵住一般看著我，盛著茶杯的托盤掉落在地上。

「哥、哥哥……？那篇作文……」

「啊……」

糟、糟糕……！無庸置疑，這篇作文並不是我應該看到的東西！

我急忙想把稿紙放回原位，但怎麼想都來不及了。

「那、那篇作……你都看到了嗎……？哥哥……！」

葵的眼眶慢慢聚滿淚水。

下個瞬間便潰堤成河。

「嗚哇——————！哥哥是大笨蛋————————！」

「對不起——————！葵，很抱歉——————————！」

我這個笨蛋，這下澈底搞砸了！

畢竟葵天生個性彆扭，總是無法坦率。要是這篇作文被我本人看到，可想而知她會有多麼羞恥……！

早知如此，剛才就不該確認妹妹藏了什麼東西！而是應該相信葵，給她一點空間才對！這才是身為哥哥應該採取的正確行動！

「對不起，葵！真的很抱歉！都是哥哥不好！」

「笨蛋！笨蛋！哥哥是大白痴——————！」

我向葵下跪道歉。但想也知道葵不可能立刻原諒我，她半哭著敲打我的頭。

「我才不會這麼輕易就原諒你！在你把剛才看到的內容全部忘掉之前，我絕對不會原諒你！」

「我、我知道了！我馬上就忘記！好，我已經忘掉了！全都忘光了喔！」

「不行！我才不相信你！我要一直敲打哥哥的頭，直到你失去記憶為止！」

最好有那麼神啦！根本是漫畫看太多了！怎麼可能那樣就失憶！

「哥哥趕快昏過去啦！我要用蠻力逼你忘記！」

「呃，別強人所難了！哪有可能那麼輕易就昏倒！」

然而葵完全聽不進去我的話，或許是為了掩飾羞怯吧，她繼續敲打我的頭。

「拜、拜託妳別打了！真的、真的非常抱歉！求求妳原諒我吧！妳要哥哥做什麼都可以——————！」

我誠心誠意地大聲向打紅了眼的葵表達歉意。

聞言的葵戛然停手。

「……要你做什麼都可以……真的嗎？」

「咦……？」

我抬起頭看著葵的臉。

「哥哥真的什麼事都肯做嗎……？只要是我說的話，你什麼都願意聽嗎？」

葵眼神十分認真地詢問我。

「沒、沒錯……！當然！只要是我能力所及，什麼事都可以！」

雖然「什麼事都可以」的說法讓我有點不安，但為了求得葵的原諒，這也沒辦法。

當我話一說完，葵隨即一臉難以啟齒般地說：

「那麼……今天晚上可以陪我一下嗎……？」

「……？」

葵難掩羞怯地雙頰染滿紅暈，身體還不停扭動。

怎、怎麼回事……？葵那充滿女人味的表情……還有剛才那句別具深意的發言……

今天晚上要我陪她做什麼？該不會……！

「不、不不不行，葵！我們畢竟是兄妹！不能做那種羞羞臉的事！」

「咦……羞羞臉的事……？只不過是去參加煙火大會耶……？」

「咦……？」

煙火……大會……？

「今天晚上家裡附近不是會舉辦祭典嗎？因為哥哥今年很忙，原本還以為不能一起去了；但如果哥哥有空的話，希望你能陪葵去看煙火……」

「啊……喔——！妳要我陪妳一下，是指這個呀！」

啊——嚇死我了！葵的表情和發言，害我忍不住冒出奇怪的想像……不過正常來想也知道，葵怎麼可能說出那種話！這種妄想也太糟糕了！我是變態嗎！一定是被三姊妹茶毒太久了！

「吶，哥哥可以陪我嗎……？還是說，果然要忙工作呢……？」

「啊，不……！我知道了！這點小事沒問題！順便去逛逛攤販，看妳想吃什麼，我都請客！」

「真的嗎！耶——！葵要大玩特玩——！」

剛才還氣呼呼的葵，態度驟然一變，臉上再度恢復笑容。

「既然如此，剛才的事我就好心不跟你計較！但下不為例喔？好好感謝我吧！」

「喔，謝謝妳，葵。感激不盡。」

太好了……沒想到只是這麼一點小事，就能讓葵消氣……

而且對我來說，這也是個求之不得的邀約。因為我剛好也想暫時和三姊妹保持距離。可以久違地和葵單獨出去玩，正好能趁機轉換一下心情。

「啊，對了！另外可以再答應葵一個請求嗎？」

「嗯，什麼事？儘管說吧！」

「既然要去的話，也順便約花鈴姊姊她們吧？我想和大家一起玩！」

葵帶著無比燦爛的笑容如此說道，讓我頓時感覺到一陣無以復加的絕望。

第四章 告白要在煙火後

當天晚上，我和穿著浴衣的葵一起前往祭典會場。

半路上，我們先繞到和三姊妹約好會和的地點……

「葵——！這邊、這邊～！」

「啊，花鈴姊姊！妳好～！」

煙火大會預定會在河岸施放，我們和三姊妹就約在河岸旁邊的一座大公園會合。

她們早一步抵達會合地點，一看到我和葵出現，花鈴便立刻朝我們揮手。

見狀後的葵，同樣一副迫不及待的模樣奔向她們。

「妳好，葵。這件浴衣非常適合妳喔。」

「啊～葵真的好可愛喔！好想把妳拐回家，當我的新妹妹呢！」

「哇——！謝謝妳們，雪音姊姊、月乃姊姊！」

不同於喜出望外的葵，我一看到三姊妹便不由自主地流洩出嘆息。

「唉……結果還是變成這樣了……」

我直到最後一刻都堅決反對邀請三姊妹，最終還是拗不過葵的請求，約了她們一起來。一想到接下來可能又得面臨之前那種修羅場，不禁覺得胃好痛……

順道一提，三姊妹也都是浴衣打扮。應該和之前假想蜜月旅行時穿的是同一套吧。

不過超不妙的……！她們真的好可愛！我忍不住被吸引住目光。比之前看到時更加美麗動人，讓我不由得緊張起來。

等等，我這個笨蛋！別鬧了，我這個白痴！不可以對她們抱有不當的情感！不可以繼續想著她們的事！要是真的喜歡上她們怎麼辦！

「今天是葵約我們一起來的吧？花鈴真的好開心喔！謝謝妳！」

「嗯！因為是難得的煙火大會，我想和大家一起來看煙火！」

「我也很高興能和葵一起來喔～！今天就讓我們大玩特玩吧！」

「葵可以把我們當成親姊姊，盡情地撒嬌喔！」

不過值得慶幸的是，現在的三姊妹正和樂融融地和葵寒暄。氣氛和平得讓人很難想像，不久之前她們才為了爭奪我而吵得不可開交。

或許是她們說好了在祭典的這段期間，先暫時忘掉修羅場的事。畢竟葵也在場，她們一定會有所顧慮，避免起爭執吧。

正當我這麼想時，三姊妹笑容滿面地擠到我身邊。

「學長今天的打扮也好有型喔！很有男人味喔！」

「不管什麼時候看，都覺得天真學弟好帥～！害我有點心動了呢♪」

「今天的天真好酷喔！超有魅力的！」

這、這是……！我昨天教她們的約會招術！她們正把吹捧男人的讚美付諸實踐！

仔細一看，她們三人的眼中正寄宿著滿滿鬥志。雖然沒有當著葵的面吵起來，但修羅場很顯然依然持續上演中！

「吶～哥哥！離煙火施放還有一段時間，大家先去逛逛攤販吧！」

「也、也好……就這麼辦……」

葵對於眼前的修羅場毫不知情，笑得一臉和平無爭，滿心雀躍地期待著祭典。

之後，我們一行人連袂走向公園內成排林立的攤販。

※

「哇——！祭典耶！祭典——！」

來到排滿攤販的通道，葵的情緒顯得更加激昂。

「總之先吃點東西吧～！我想吃……剉冰、章魚燒、炸熱狗、炒麵、大阪燒，還有巧克力香蕉……」

「喂、喂……葵……再怎麼說也吃太多了吧……」

雖然說好了今天由我請客，但要是全部買下來，錢包會哀號的。

儘管每個月都會從肇先生那裡領到一筆相當可觀的薪水，但那些錢幾乎都交給媽媽，拿去償還債務或當作生活費了……

「咦～？可是哥哥明明答應要請客的耶？」

「話是沒錯啦，但再怎麼說，也要有個限度吧……」

「哥哥……不可以嗎？」

葵低著頭挑高眼神，淚眼汪汪地詢問。

我瞬間聽見理智斷線的聲音。

「當然可以，包在我身上！今天葵想吃什麼儘管吃，哥哥全部買給妳——！」

「真的嗎？」

可愛的妹妹都用那麼可愛的表情拜託了，天底下有哪個哥哥還能不為所動！

「那麼，哥哥！首先我想吃棉花糖！」

「好，交給我吧！哥哥立刻去買一箱回來！」

「還有蘋果糖！我最喜歡蘋果糖了！」

「只要是為了葵，哥哥可以把全國攤位的蘋果糖全部搜括給妳！」

「還有、還有！可麗餅！我也好想吃可麗餅喔！」

「老闆！可麗餅每種口味都給我來一份！」

「哇——！謝謝哥哥！」

「！」

我、我的老天。好想把葵的這句話刻在石碑上記錄下來……早知道真應該用手機錄下來……！

「天真還是老樣子，萬年的寵妹魔人……」

「花鈴好想成為葵喔……」

「如果葵開口告白的話，天真學弟大概會二話不說地和她交往吧……」

三姊妹一臉羨慕地看著葵，但我故意不去理會。

之後我把棉花糖和蘋果糖遞給葵。

葵抿了一口棉花糖，當場幸福得眼睛都亮了起來。

「哇啊啊啊……！好好吃喔～！」

「是嗎、是嗎，那就好。」

啊啊，葵真的可愛到讓人受不了。簡直是天使。世界第一的笑容。

「啊，哥哥也吃一口吧？我記得你也喜歡棉花糖吧？」

「是不討厭……不過，妳不必顧慮我啦。」

「哥哥就別跟葵客氣了。來，請吃吧。」

「好、好……謝謝。」

葵都已經把棉花糖遞到我面前了，我只好意思意思地咬一口。甜味瞬間在口腔裡擴散開來，砂糖彷彿化作空氣般融化殆盡。

「嗯，好好吃。好久沒吃了，真不錯呢。」

「對吧？還好有吃到吧？」

葵一臉得意地說完，又再咬了一口棉花糖。

「嘿嘿嘿……和哥哥間接親吻了……！」

我好像聽見了某個無法忽略的單字。

「葵、葵……？妳剛才說什麼……？」

「沒、沒什麼！我才沒有因為間接親吻而開心呢！」

葵滿臉通紅地喊道。妳說出口了。妳全都說出口嘍。

葵真的很喜歡我耶……儘管嘴巴上不肯坦率承認，卻老是動不動黏著我陪她玩。還有拚命隱藏對我的好感，卻又不小心全部說溜嘴的這一點也好可愛。

可是啊，葵。剛才那句話真的不太妙。

「「「間接親吻……？」」」

三姊妹一聽到葵的話，立刻有了反應。

「花、花鈴也要一支棉花糖！」

「老闆，我也要！也給我一支！」

「還有我，請快一點！」

三人連忙購買棉花糖，接著把棉花糖湊到我嘴邊。

「學長！花鈴的棉花糖分你吃！我們也來間接親吻吧！」

「等一下，天真！要親的話，就跟我親吧！」

「不可以喔，天真學弟！請收下我的棉花糖吧！」

三姊妹居然都買了同樣的東西，想跟我來個間接親吻——！

「拜託姊姊們識相一點！學長明明就想吃花鈴的棉花糖！」

「這句話是我要說的才對！比起妳們的棉花糖，他絕對更喜歡我的！」

「真的要比的話，一定是我的棉花糖比較甜、比較美味！天真學弟當然會想吃最甜的嘛！」

「妳要這樣說的話，那花鈴的棉花糖軟棉棉的，口感最棒了！」

「要論口感，一定是我的比較——」

「喂，等等等等等！別吵了！我才吃不了那麼多棉花糖！剛剛吃過一口就夠了！」

再說月乃畢竟有發情癖，在外面間接親吻實在不太妙！真是的，她們三姊妹一旦互相較勁起來，就會完全忘記祕密曝光的危險性！

「咦～！好詐喔，居然獨厚葵一個人！」

「也和我間接親吻嘛！」

「不可以偏心喔，天真學弟！」

「啊——夠了！少咄咄逼人的！只有妹妹有特權啦！」

我好不容易才安撫好抗議的三姐妹，逃過間接親吻的危機。

※

「哥哥！接下來我想玩那個！」

把攤販的食物大致吃過一輪後，葵揪住我的衣服說。

我順著她說的方向望過去，眼前出現的是撈金魚的攤位。

「撈金魚嗎……這麼說來，我從來沒玩過耶……」

由於考慮到成功後就必須把金魚帶回家，所以我至今一次都沒玩過。畢竟還得準備飼料和水族箱才行。

「哥哥，讓我玩嘛？我好想要金魚喔！」

「這個嘛……不過，妳必須好好照顧喔。」

反正每個月都會領到不少錢，只不過是金魚的飼料費，再怎麼說也不至於擠不出來才對。而且壁櫃的最內側，姑且有個閒置很久的水族箱。

「太好了！我要撈好多好多～！」

「喂、喂，不要跑那麼急啦！」

葵喜出望外地跑到攤位前方。她向我要了零錢，交給店員換取紙網，接著便立刻開始挑戰。

然而——

「啊！」

葵瞄準金魚，將紙網泡進水裡，沒一會兒功夫，紙張便破成碎片。

「唉呀，比想像中更快破呢。」

「唔嗯嗯……！再、再一次！」

她又再兌換了一把紙網繼續挑戰，結果還是失敗了。

「嗚嗚……完全撈不到……」

完全不得要領的葵，雙眼微泛淚光。

這種時候身為哥哥的我當然很想立刻撈一隻給她，偏偏我從來沒撈過……

「葵！交給花鈴吧！不過是區區金魚，花鈴三兩下就能撈給妳！」

正當我大傷腦筋時，和我一起站在後面看著葵的花鈴自信滿滿地自告奮勇。

「花鈴姊姊，真的嗎？妳撈得到嗎？」

「包在我身上！剛才看了一下，應該會有辦法吧！只是……」

花鈴話說到一半，先是停頓一下，接著露出一抹別有企圖的賊笑。

「要是花鈴成功撈到，就叫天真學長和花鈴約會吧！」

「啥？」

突然被叫到名字，嚇得我發出高八度的驚呼。

她提出這什麼鬼要求啊！撈金魚和約會根本是兩回事吧！

「嗯，可以喔！哥哥可以任憑妳想怎麼玩就怎麼玩！」

居然可以？哥哥真的會被玩死喔！糟糕意思上的被玩死喔！

「喂，花鈴！等一下！妳怎麼可以耍花招偷跑！」

另一方面，月乃和雪音小姐聽到花鈴的要求後，當然不可能悶不吭聲。

「既然如此我也要參加！我一定會撈到金魚，和天真去約會！」

「也算我一份！就趁這個機會，讓妳們見識一下姊姊的實力！」

「既然如此，我們三個來比賽吧！撈到最多金魚的人就能和學長約會。大家對這個規則有意見嗎？」

「「「贊成！」」」

事情似乎都談妥了呢！完全沒問過我的意見，就把我當成獎品了呢！

「喂，我說妳們啊！我可沒答應——」

「那麼，就從花鈴先開始吧！」

「哇——！加油喔，花鈴姊姊！」

這三姊妹簡直沒救，完全無法溝通。而且居然連葵都跟著瞎攪和，這下根本沒有我插嘴的餘地。

完全無視我的抗議，花鈴在水池前蹲下。之後，她鎖定其中一隻金魚，把紙網伸向目標。

花鈴將泡在水裡的紙網移動至金魚下方。和剛才葵的情況不同，她的紙網目前仍然完好無缺。

緊接著花鈴撈起金魚，準備丟進另一隻手上用來裝魚的容器裡。

然而……

「啊啊！」

就在金魚即將掉入容器之前，紙網突然「啪」地應聲破裂。

「這比想像中更困難呢……」

「呵呵。花鈴，妳還太嫩了。妳那樣是撈不到金魚的喔。」

隨著這句話登場的是站在一旁的月乃。她向店員要了紙網，選擇花鈴隔壁的位置。

「撈金魚的訣竅，就是要善用水池的邊緣。由於四個角落最不容易逃脫，因此要把金魚趕到角落才行。」

月乃一臉得意地侃侃而談，同時把紙網伸進水中。

「這裡也有個小訣竅，就是要以四十五度入水，這樣才能避免紙網破損。還有在撈金魚前，必須把紙網整個沾溼才行。如果有局部還是乾的，就會從乾溼交界處破掉。」

「唔……月乃姊好奸詐，懂得真多……」

「呵呵。這就是經驗值的差距呀。撈金魚對我來說，根本易如反掌。」

月乃得意洋洋說道，動手把金魚趕到角落。而後，她看準時機一把撈起——

啪！

紙網當場不堪一擊地破了大洞。

「「噗──」」

我和花鈴忍不住噗哧笑了出來；月乃則是滿臉通紅地瞪著我們兩人。

「妳們兩人的撈法完全不行～」

最後輪到雪音小姐上場。她接過紙網，擠進月乃和花鈴中間蹲下。

「金魚只會對內心溫柔的人敞開心扉。像妳們那樣殺氣騰騰的，魚群當然會直接逃走呀。」

雪音小姐語氣溫柔且平靜地說道，同時將紙網放進水裡。

真不愧是長女。她追捕金魚的表情和動作顯得從容不迫，以行雲流水般的手法移動紙網，將一隻金魚趕到紙上。只要沒有意外，應該就能成功到手……！

然而就在下個瞬間，紙網因為金魚奮力掙扎而破裂，金魚也趁隙逃走了。

「啊……！」

雪音小姐一臉深受打擊的表情，呆若木雞地望著逃走的金魚。

「──金魚好像非常嫌棄耶……」

葵的一句話惹得眾人一陣哄笑，只有雪音小姐半哭喪著臉。

之後三姊妹和葵再次試了好幾次，卻連一隻金魚都沒撈到。

看不下去的店員說著「真拿妳們沒辦法」，好心送了一隻給我們。

「哇——！謝謝你！」

葵伸手接過裝在袋子裡的金魚，笑得一臉滿足。

「唔……！看來這場比賽算是平手呢……不過，撈金魚的技巧明顯是我略勝一籌吧？所以約會權應該由我獲得才對。」

「少胡說了！月乃姊明明就是個門外漢！花鈴才差那麼臨門一腳！」

「我也是只差一點點就能撈到了，所以由我獲得約會權也是應該的！」

真受不了她們，又開始吵起來了……就算真的撈到金魚，我也不可能答應約會啦！

「唉……總覺得好累……找個地方休息一下吧？」

「咦～？我還有很多想玩的耶。打靶、套圈圈、抽籤和鬼屋都還沒玩到。」

「喂喂喂，妳打算全部玩一輪嗎……？哥哥的體力可負荷不了喔……？」

「當然！畢竟難得都來了嘛！要是沒有全數玩遍就太可惜了～」

葵樂不可支地以輕快的語氣說道。

說得也是啦……難得葵那麼開心。她高高興興地跟我和三姊妹一起出來玩，我實在沒必要潑她冷水。

「哥哥當然也會全程奉陪對吧！葵可是好心才帶著你玩喔！」

「是是是……請務必讓我陪妳。」

葵朝我伸出手，我苦笑著伸手回握。

就在此時，一道冰冷觸感滑過鼻尖。

「嗯……？」

抬頭一看，天空中不知什麼時候布滿烏雲。

接著就在下個瞬間，有如瀑布般的滂沱大雨傾盆落下。

「呀啊！怎麼回事？雨好大喔，哥哥！」

「突發性豪雨嗎？快點找個地方躲雨！」

豪雨幾乎遮蔽了眼前視野，來參加祭典的人們倉皇逃竄地找地方躲雨。大批人潮有如鳥獸散一般，四周也陷入了一場小混亂。

「真糟糕！要是不趕快去躲雨，會淋成落湯雞！」

「可是有哪裡可以躲雨？這附近又沒有店家。」

「大家冷靜一點！總之也只能儘量找——」

「對了，不然去那裡吧！公園後面有間神社，應該有屋簷可以躲雨！」

「真的嗎？謝謝妳！」

多虧雪音小姐的靈光一閃，大夥兒立刻決定好方針。

之後我們一行人奮力撥開人群，往神社的方向疾奔而去。

※

「呼……呼……總算到了……」

我們有如穿行在小樹林一般沿著小路前進，好不容易才抵達神社。真不愧是突發性大豪雨，縱使都已經趕忙來躲雨，所有人還是淋成了落湯雞。

而且就在我們來到這裡躲雨過後沒多久，雨勢也正好停了。恰巧成這樣，根本就是在整人吧……

不過雨勢可以早點停歇也是好事。多虧如此，之後的煙火大會似乎並沒有受到影響。從神社這裡也能清楚聽見主辦單位宣布「煙火大會照常舉行」的廣播聲。

只不過，遇到了一點小狀況。

「唔哇……浴衣變得很不得了耶……」

「咦？」

等安頓好之後才注意到：三姊妹的浴衣由於被雨淋溼，布料變得有些透明。

「唉呀呀……這副模樣實在沒辦法見人呢……」

「嗚嗚……全身溼答答的好噁心喔……」

三姊妹的浴衣緊緊貼在身上，底下的內衣褲和肌膚也若隱若現。

無論是花鈴挑逗人心的大紅色內衣褲，月乃勾勒著美麗曲線、圓潤緊實的水蜜桃翹臀，又或者是雪音小姐高高撐起浴衣、飽滿雄偉的巨乳，都更加顯得冶豔而搶眼。也因為如此，那副光景遠比全裸更加煽情且危險。

「而且腳好痛喔……真不該為了搭配浴衣而穿木屐出門……」

「啊，其實花鈴也是……」

「我也一樣～早知道就穿一般的鞋子了……」

由於穿著平時不常穿的木屐奔跑，三姊妹都開始覺得腳痛。只見鞋帶將三人的腳勒出紅紅的印記。看來最好暫時先別亂動比較好。

「既然這樣，就先在這裡休息一下吧……」

開口提議的我刻意移開視線，不去看她們。

幸好這裡就只有我們在，不必在意別人的眼光。反正天氣這麼熱，浴衣很快就會乾了，而且暫時別亂動的話，腳痛應該也能多少舒緩一些。

「就這麼辦吧～雖然有一點浪費時間，不過在煙火大會開始之前，我們就先待在這裡吧。」

「不過……反過來想想，這也不失為是個攻陷學長的好機會……！學長可以盡情欣賞花鈴的內褲喔！」

「喂！笨蛋，別鬧了！不要靠近我！」

花鈴眼見機不可失，立刻以一身若隱若現的模樣靠過來，打算誘惑我。話說我真心拜託妳，別鬧了！性癖會曝光喔！

「等等！妳也太沒矜持了，花鈴！不要對我的天真做出奇怪的事！」

「學長什麼時候變成月乃姊的？學長明明就想和花鈴在一起！」

「來～吧～天真學弟，你可以盡情蹂躪我的胸部喔～」

「啊——！雪姊真不懂得察言觀色耶！天真要摸我的胸部才對！呼……呼……！」

「妳們兩個都別來礙事！學長，快看看花鈴的裸體吧！全裸的花鈴可以任憑學長處置喔！」

三人已經顧不得隱藏性癖，春情蕩漾地朝我步步進逼。

「喂喂喂，妳們都給我閉嘴！爭執的內容也太糟糕了！這對葵的教育很不好耶！」

眼看似乎又快要發展成修羅場，我連忙介入、阻止她們。

我可不想讓可愛的妹妹目睹這種修羅場。真希望她們可以在祭典結束之前自制一點，否則我可就傷腦筋了。

「算我拜託妳們，至少祭典期間不要上演這種姊妹鬩牆啦。葵一定也不想看到大家吵架吧？」

為了勸阻三姊妹，我開口詢問站在我身旁的葵。

然而——卻得不到回應。

「葵……？」

我疑惑地放眼環顧四周，卻不見葵的身影。

「咦……？」

喂……等等。先等一下……突然升起一股很不祥的預感。

「喂、喂！妳們三個！妳們有誰知道葵去哪裡了？」

「奇怪……？這麼說來，葵呢……？」

「咦……？剛才明明和我們在一起的……」

「真奇怪……都沒看到人呢……？」

三姊妹左右張望地掃視周圍，沒人知道葵的下落。

喂、喂，騙人的吧……？

該不會……和葵走散了……？

「怎、怎麼會……！」

大概是跑來這裡躲雨的半路上，葵被人潮沖散了。而我沒注意到她走丟，繼續一股腦兒地往前跑……

「快……得趕快回去找她！」

我心急如焚地想要回到攤販區。

葵現在孤伶伶一個人一定很不安。必須趕快找到她才行！

「天真學弟！我們也跟你一起去！」

說完，雪音小姐她們三人也準備跟過來。

不過我語氣堅決地拒絕了她們的好意。

「不，不行！妳們留在這裡！」

「為什麼！我們也很擔心葵呀！」

「就是嘛！讓我們一起去吧！」

月乃和花鈴一臉不服氣，作勢就要往外跑。然而——

「好痛——！」

兩人皺緊小臉，當場蹲在地上，然後低頭盯著腳上的紅痕。

「妳們剛才不是跑到腳很痛嗎？我不能讓妳們忍著疼痛去找人。再說浴衣也都透光了，絕對不能在外人面前現身！」

至少在浴衣乾掉之前，她們還是乖乖待在這裡最保險。

「而且，都要怪我沒有好好看緊葵！所以我必須負起責任找到人！妳們留在這裡等就好！」

「啊，等一下！天真！」

現在分秒必爭。我一句話也不回地朝著攤販區疾奔而去。

※

回到公園後，攤販都已經恢復營業。

通道再度擠滿了人潮，彷彿剛才的大雨只是一場錯覺似的。要在這種情況下找出個頭嬌小的葵，簡直就像大海撈針。

「可惡……！葵……拜託妳別跑太遠啊……！」

總之，現在只能從想得到的地方一一找起。畢竟葵沒有手機，除此之外並沒有其他辦法可以找到人。

我死命地鑽行在黑鴉鴉的人潮間，放眼四周搜尋葵的身影。

「喂——！葵——！聽到回我一聲——！」

無視周遭疑惑的視線，我大聲呼喊葵的名字。

「葵——！妳在哪裡——！」

然而毫無回應。我繞著公園邊跑邊喊，卻始終遍尋不著葵的蹤影，也聽不到她的回應。更別說祭典樂聲鑼鼓喧天，葵很可能根本聽不見我的聲音。

再加上祭典會場非常大，範圍涵蓋了整座廣大公園，一個人實在很難全部找遍。儘管我再怎麼放聲大喊，能傳達的距離終究有限，縱使真的把每個角落都找過一次，也難保不會剛好和葵錯身而過。

『哥哥當然也會全程奉陪對吧！葵可是好心才帶著你玩喔！』

腦海不經意地閃過葵的這句話。她在走散之前的笑容、向我伸來的手，彷彿全都歷歷在目。

可惡……！如果當時我有牽好葵的手，就不會演變成這樣了……！

「我到底在搞什麼……！居然犯下這種錯……！」

明明應該時時刻刻盯緊葵才對！我這個白痴！我真是個失職的哥哥！

算了，現在沒時間在這裡自怨自艾。當務之急必須儘快找到葵……！

可是，我來到剛才大夥兒所在的撈金魚攤位，依舊沒有看到葵。原本還想說她會不會留在原地等我，然而希望卻破滅了。

葵現在搞不好正因為落單，而寂寞得流淚哭泣。也或許正和我一樣傷心不已，拚了命地四處找我。一想到這裡，我整個人幾乎快要發狂。

更別說葵有可能被壞人盯上。萬一她被小混混們勒索，或是被壞蛋綁架……我在腦海內閃過各種不好的想像。「得趕快找到她才行」的這道念頭越來越強烈。我的呼吸逐漸變得粗重而紊亂，又慌又焦得直冒冷汗。

「可惡……！必須儘快、儘快找到人才行……！」

既然如此，或許先離開人群比較好。擠在人群裡根本無法動彈，還不如沿著人少的地方把整座公園找一遍……！

打定好主意後，我轉身跨進路旁的樹叢裡。

然而——

「糟糕……！」

大概是因為太過心急了吧，我被路面的高低落差絆了腳，整個人重心往前傾，眼看就要正臉朝下地向前撲倒。

下個瞬間，有人拉住我的手。

「咦……？」

這麼一拉，讓我重新穩住差點傾圮的身形。之後我連忙回過頭……

「真危險耶，你差點就要受傷了。」

「你太慌張了啦，天真學長。」

「冷靜一點找吧。一定可以順利找到人的。」

眼前出現的是三姊妹。

雪音小姐和花鈴拉住我的手，救了差點就要摔倒的我。

「妳、妳們……！怎麼會在這裡？我不是叫妳們留在神社等……！」

她們的衣服還只是半乾的狀態。只要站近一點看，就會發現底下穿著的內衣褲若隱若現。要是以這副模樣出現在外人面前，一定會被投以異樣眼光。再說她們的腳明明還很痛——

「我們哪可能一味乾等啊。葵現在可是走丟了耶！」

「學長不必擔心花鈴和姊姊，我們沒問題！區區的腳痛根本不算什麼！」

「再說衣服應該不至於讓人一眼就發現走光，姑且還是會用手遮一下身體。」

然而三姊妹帶著一臉堅毅的笑容凝視著我。

「事情就是如此，接下來就讓我們一起找吧！這樣也比較有效率！」

「而且有四個人的話，就可以分頭尋找嘛！我去公園北側那邊找，花鈴和月乃則分別去東側和南側找找看！」

「了解！如果找到人，就透過ＬＩＮＥ群組聯絡！」

「啊，喂！等一下！」

就在三姊妹正準備分頭行動前，我連忙叫住她們。

「別太亂來了！這畢竟是我家的事，妳們根本沒必要逞強！」

「你說那什麼話啊，天真學長！」

花鈴怒不可遏地反駁我，至今從不曾見過她如此大發雷霆。

「葵和我們三姊妹就如同一家人！就好像我們的妹妹一樣！」

「儘管只是假扮的，我們好歹也是夫妻吧？丈夫的妹妹當然也是我們的家人呀！」

「所以你就別跟我們客氣了，也讓我們幫忙吧！」

「各、各位……」

三姊妹的話稍微緩和了我焦急的情緒——以及孤獨感。

「那麼接下來就讓我們大家一起找吧！月乃和花鈴要小心別受傷了！」

「我知道！妳們兩人也要留意衣服走光喔！」

「放心吧！衣服已經漸漸乾了！姊姊們才要小心，別讓腳痛更惡化了！」

三姊妹互相關心、叮嚀一番後，便分別朝不同方向奔去。

「剩下的西側就交給天真學弟了！趕快找到葵吧！」

「好、好的……謝謝妳們……！」

她們是真心擔心葵。不管我怎麼阻止，她們一定還是會為了葵而奮不顧身地賣力奔走吧。我可以切身感受到她們的心意，因此更覺得無比感動。

此外……自從我們四人的關係演變成修羅場之後，她們三姊妹便成天吵個不停；現在卻為了葵而攜手合作，而且又像過去一樣和樂融融地交談。

儘管是在當下這個非常時刻，我還是不由得感到莫名欣慰。

※

只不過，感動的情緒並沒有持續太久。

即使四個人一起找，還是遲遲找不到葵。在那之後又經過了十分鐘以上，大家拚命地到處尋找葵。

更棘手的是，由於祭典的重頭戲煙火大會即將就要開始，四周人潮漸漸多了起來，也因此變得更加難以動彈，更難找到葵。

中途有好幾次驀然覺得瞥見葵的身影，但回頭去找，才發現只是看錯罷了。大概是找葵找得太心切，腦袋才會出現錯覺吧。

「可惡……！葵……！拜託妳快點出現吧……！」

想在洶湧的人潮中找到葵，就好像大海撈針一般，幾乎是不可能的任務。無比強烈的絕望感讓我不禁泛起淚光。

「啊，天真——！」

忽然間傳來月乃的聲音。

轉頭一看，三姊妹一起朝著我的方向跑來。大概是各自找完負責的區域後，先暫時會合吧。

「大、大家……！妳們找得如何？」

「抱歉，天真學弟……我還是沒找到葵……」

「花鈴這邊也沒看到人……我姑且有仔仔細細地找過一遍了……」

「我也是……真的很抱歉……」

「這樣啊……」

果然還是找不到葵……

即使已經分頭尋找還是一無所獲。面對這個事實，我的心情也變得更加黯淡。一股無處可逃的絕望感朝我襲捲而來，就彷彿整個世界即將被拖入黑暗一般。

「怎麼辦……要是一直找不到人……」

我忍不住說出喪氣話。

「我會不會再也見不到葵……？再見聽不見葵的聲音……？」

「你真是夠了，天真！怎麼可能發生那種事嘛！大不了等祭典結束後，一定就能順利會合了！」

「可是，萬一葵被綁架呢……？或是被捲進奇怪的事件……？」

「這、這個嘛……」

畢竟葵長得很可愛，身材也比實際年齡看起來更小。要是真的被當成那類犯罪事件的目標，也絕對沒什麼好奇怪的。

「如果真的演變成那樣，一切都要怪我……！都是我害葵陷入危險的……！」

「天真……」

我的眼頭一陣發燙，視野開始變得模糊而扭曲。我不由自主地垂下頭，任憑淚水撲簌簌地滴落地面。

可愛的妹妹要是有個三長兩短……光只是稍微想像一下，胸口便浮現無限的擔憂。沒能好好保護可愛妹妹的自己實在太窩囊了，我忍不住流下眼淚。

「天真學弟……你真的非常重視葵呢……」

不知為什麼，耳畔響起雪音小姐的聲音。

緊接著便感覺到身體被輕柔地包覆住。

一道不知名的溫暖觸感，將我的身體包覆其中。

我驚訝地抬起頭，雪音小姐就近在我眼前。

「別擔心。不會有事的，天真學弟。」

雪音小姐將手繞到我的背後，宛如溫柔守護一般地抱住我。

「雪音……小姐……？」

出其不意的擁抱，讓我有一瞬間忘了呼吸。

她單手緊緊環抱住我的背，另一隻手則是摸摸我的頭。

「很快就會找到葵的，所以你就別太擔心了。」

雪音小姐輕緩地撫摸我的頭，動作蘊滿了溫柔與慈愛。

面對她的舉動，我一句話也說不出來，只能呆愣在原地。

「就是呀，學長。你大可不必擔心啦。」

花鈴也跟著從右邊抱住我。她開口替我打氣，同時用力地抱緊我。

「儘管放心吧。花鈴和姊姊們一定會幫忙找到葵的！」

「花、花鈴……」

她們兩人的擁抱，正好支撐住我沮喪得幾乎就快站不住的身體，同時溫柔鼓舞著我一蹶不振的心靈。

緊接著——

「天……天真！」

就連月乃也從左邊抱住我。

「月、月乃……！怎麼連妳也來湊熱鬧……！」

擁有發情癖的月乃居然在眾目睽睽之下主動接近我。前所未有的事態，令我不禁倒抽一口氣。

隨即，月乃的性癖讓我升起一道危機感，連忙掙扎著想要逃離她的身邊。

她卻反而更加使勁地抱緊我。

「別說了……現在先暫時別亂動……」

月乃口氣溫和平靜地說道，同時伸手輕撫我的頭。

連她也在安慰我。

「……！」

此時，我猛然發現月乃的手正微微顫抖著。

月乃她……一定很害怕吧——對於要在大庭廣眾之下主動直接碰觸我這件事。

對月乃來說，碰觸男生的行為應該只有風險可言。尤其當下聚集了洶湧的人潮，倘若貿然接近我，自己的發情癖很可能會被大批群眾看見。她不可能拿在家裡誘惑我的那一套對待我。

和之前與花鈴、雪音小姐互相較勁的時候不同，現在的她應該沒有忘記自己的性癖才對。而且最害怕事態演變成那種情況的，想必莫過於她本人了吧。於是才會害怕得不禁發抖……

即使如此，月乃還是伸手抱住我。為了安慰我而主動擁抱我。

不顧自己的性癖，出於體貼而碰觸我……

「我們一定會全力幫助天真，所以你也不要放棄了。」

「月乃……」

三姊妹的擁抱帶有一股不可思議的溫暖。

她們的溫柔彷彿滋潤了我內心深處的每個角落。

或許是因為如此吧，總覺得心情輕鬆不少。除了感到開心以外，同時也大大地鬆了一口氣。

當下這刻，就好像放下了心中的重擔似的。

「不要太過自責了。天真學弟一點錯也沒有。」

三姊妹的話讓我原本黯淡的情緒頓時豁然開朗起來。

胸口深處湧現一股不知名的暖流。

「既然明白的話，就不要再哭了。不然會被葵嘲笑喔？」

我倚靠在三姊妹的懷抱中，感覺彷彿獲得了救贖。

「……嗯，給妳們添麻煩了……我已經沒事了。」

等我回過神時，淚水早已經止住。

然後內心也重新湧現出努力的動力。

「那麼大家繼續找吧！或許有什麼地方是我們還沒找過的！」

「沒錯……！一定要找到葵！」

我們各自轉身，準備沿著自己剛才過來的路回頭尋找。

就在此時——

公園內的擴音器傳來「叮——咚——噹——咚——」的廣播聲。

『服務處報告。來自××町的一条天真先生，您的家人正在找您，請立刻前來大會本部——』

「咦……？」

※

「啊————！哥哥！哥哥————！」

聽到廣播後，我們一行人趕到祭典主辦委員所在的帳棚。一抵達後，葵立刻哭著撲向我。

「哥哥是大笨蛋！怎麼可以隨便離開我身邊！你就是因為這樣才會走丟啦！」

「嗯，對不起……！都是哥哥的錯！」

葵死命緊攀在我身上，我也用盡全力回抱她。

雖然不知道為什麼，在葵的認知裡，我才是走丟的那一方，但這都只是無關緊要的瑣事。主辦委員的大姊姊們，各個用染滿溫馨笑意的眼神注視著我和葵。

「呼……事情終於順利解決了。」

「葵看起來也很有精神，真是太好了。」

「還好人平安無事，這下總算能放心了～」

就連三姊妹也是笑容滿面地看著我們。

「謝謝妳們……真的多虧有妳們在。」

「結果我們什麼忙也沒幫上就是了。」

「才沒那回事。多虧有妳們，大大緩和了我原本不安的情緒。」

如果當時她們沒有追過來，我很可能還沒找到葵，就先灰心喪氣了吧。

「這倒是。剛才天真都找到哭出來了呢～說什麼『都是我害葵的～』。」

「啊！笨蛋！不要在這時候掀我底啦，月乃！」

「哥哥，月乃姊姊說的是真的嗎……？嘿嘿……哥哥果然沒有葵不行呢。」

不知道為什麼，葵的雙頰爬滿紅暈，看起來似乎非常開心。啊啊，可惡，實在是太可愛了。

這麼想的我忍不住揚起嘴角，就在同一瞬間——

「砰！」的一聲，帳棚外傳來一聲撼動空氣的磅礴巨響。

「啊！開始放煙火了！」

「咦？真的嗎？在哪裡？」

三姊妹連忙跑出帳棚外，我和葵也緊跟在她們身後，一行人抬頭仰望夜空。

此時夜幕再次升起煙火。

璀璨輝煌的光之鱗粉被高高拋灑至深藍色的夜空中。有紅有綠，或黃或藍或橙，五彩繽紛的光輝接二連三地盛大綻放，怡然悅耳的爆破聲撩動耳際。隨風飄散的火藥氣味，更加助長了內心的雀躍。

「哇——！好漂亮喔！哥哥！」

「是啊，真的好美呢……」

看見盛開於夜幕中的巨大花朵，葵忍不住興奮大喊。至於我則是比起煙火，更難以抗拒想要盯著妹妹看的念頭。

「啊！剛才的煙火是愛心形狀耶～！居然也有這麼特別的形狀～」

「唔哇，超級可愛的！不拍下來怎麼行……」

「在妳忙著拍照的時候，煙火就消失了喔。還不如確實地烙印在眼底吧！」

站在我和葵身邊的三姊妹，同樣一臉開心地喧鬧著。

三人臉上都掛著修羅場時絕對不會展露出、一如往常開朗燦爛的表情相視而笑。

「吶，各位！難得都來了，要不要站近一點看？」

「贊成！站在那邊的高臺上一定可以看得很清楚吧？」

「葵！我們一起去吧！」

「啊，花鈴姊姊！等一下！」

在一片和樂融融的氣氛之中，三姊妹和葵邁步奔跑。那副光景和平而愜意，令人油然升起一股愛憐。

「哥哥快點！我們要丟下你了喔！」

「啊，抱歉。我現在就過去。」

煙火轉瞬即逝。

即使如此，我依舊忍不住在心中祈禱，希望這段時光可以永遠持續下去。

※

之後我們轉往河岸邊的高臺上，大夥兒一起眺望煙火。

祭典結束後，一行人現在正走在人潮散去的小徑上準備回家。

「啊哈哈，葵睡著了耶。」

「是啊，畢竟發生了那麼多事嘛。大概是玩累了吧。」

我揹著睡得正香甜的葵刻意放慢腳步，就怕會吵醒她。多虧我過去身兼多份打工，體力鍛鍊有素，再加上葵又很輕，所以絲毫不覺得辛苦。

「話說煙火真的好漂亮喔～！讓人看了雀躍不已呢！」

「好久沒來夏日祭典，比想像中更有意思，太好玩了！」

「就是呀，這都要感謝葵！」

三姊妹沉浸在祭典的餘韻之中，笑容滿面地聊個不停。

看著那一幕，我不禁心想——果然還是希望她們可以永遠保持這個樣子。

「吶，我說妳們啊……能不能停止爭吵了？」

我下定決心後，主動挑開話題。

「爭吵……？」

聞言的月乃先是愣了幾秒，接著才猛然意會過來。其他兩人也是相同的反應。

看來她們這下子全都想起來了——關於自己不久前和其他姊妹們互不相讓地爭奪我的種種。

「妳們其實也很不想吵架吧……？既然如此，就別再上演那種修羅場的戲碼。看到妳們三姊妹鬧翻，我也感到難過。」

真心希望她們可以放棄我，變回過去相親相愛的好姊妹，於是我坦率地說出自己的想法。

然而……

「……對不起。我辦不到。」

花鈴搖搖頭。

「為什麼……？妳們現在不就相處得很好嗎……？」

「因為我們三姊妹都喜歡學長，彼此都是情敵，怎麼可能不爭吵。」

「我也是同樣的想法。我們已經無法再像過去一樣和樂共處了。」

「我身為長女當然也很重視兩位妹妹，但這和對天真的心意是兩回事。」

她們又開始互相展現出露骨的敵意。修羅場的氛圍重新回籠。

「再說——姊姊們老是偷偷和學長玩在一起，而且和學長之間似乎藏有什麼祕密。站在情敵的立場，怎麼可能對姊姊們敞開心扉。」

「妳要那麼說的話，花鈴自己不也一樣嗎？從以前開始，妳就常常背著我們和天真學弟打情罵俏，看起來根本關係匪淺。」

「雪姊明明也一樣吧？其實妳才是正在和天真偷偷交往吧？雖然天真嘴巴上說基於工作的立場不能和我們交往，搞不好只是不要影響工作，所以才瞞著我們罷了。」

三姊妹彼此怒目而視，眼神滿是質疑地互相逼問。

很難想像不久之前，她們姊妹才一起相親相愛地並肩觀賞煙火。原本還以為現在或許有機會讓她們和好，但這道天真的期望卻硬生生落空了。

不過另一方面，我從她們的話裡注意到一件事。

她們之所以吵得這麼凶，並不完全只是為了爭奪我；而是無法接受自己最摯愛的姊妹居然和自己心儀的對象一起聯合起來隱瞞自己。

這份情緒和對我的好感兩相重疊，於是才會演變成如此激烈的修羅場。

這麼一想，我就更加無法繼續坐視她們這麼下去。

「……我的確和每個人都分別擁有祕密。」

當我回過神時，這句話便已經脫口而出。

「我和妳們每人之間，都分別擁有好幾個祕密。這一點我可以直截了當地承認。」

「「「果、果然沒錯吧……！」」」

三姊妹互相睨視的眼神顯得更加銳利。每個人都在懷疑對方是否只是表面上假裝單戀，實際上已經和我在交往，然後冷眼看著自己千方百計地示好，氣定神閒地在心底嘲笑自己。只見三人眼底的猜疑之色越來越強烈，又再次打算逼問彼此。

「不過話又說回來……所謂的姊妹，難道就不能對彼此有所隱瞞嗎？」

「「「咦……？」」」

我的話打斷了三姊妹大眼瞪小眼的僵局。她們一臉不可思議地看著我。

「我呀……反倒認為就算是姊妹，還是可以保有自己的祕密。即使是一家人，如果是自己不想說的事，根本沒必要勉強向人坦承，也不應該硬逼對方說出口吧？」

「你說得……或許沒錯——」

「何況有時候正是因為太在乎彼此，才會更加說不出口。我相信妳們每個人一定多少都有一些祕密，是絕對無法告訴自己最重視之人的吧？」

「「「——！」」」

三姊妹聽完我的話後，各個當場說不出話。她們大概是想起了自己的性癖吧。

我知道三姊妹每個人的祕密。也明白她們姊妹之間就是因為太過重視彼此，才會無法互相坦白祕密。

「所以，妳們就別再糾結彼此的祕密了。」

「可、可是……！如果姊姊真的和學長在交往，花鈴絕對不會就此罷休！」

「我也認為隱瞞這種事不對！必須澈底說清楚才行！」

「既然無法知道各自擁有的祕密是什麼，又怎麼可能互相信任……！」

然而她們仍然不死心地想要追問出彼此的祕密。自始至終都在懷疑我和其他兩人的關係，說什麼也要問個水落石出。

「原來如此……無法信任嗎？這倒也是，我可以理解妳們的心情——我今天正好也因為這樣而惹哭葵。」

「咦……？」

我向三姊妹提起今天在家裡發生的事。我同樣因為不信任葵，硬是挖出她藏起來的東西，結果傷害她的這件小插曲。

「這件事讓我有了很深的體會。懷疑對方，甚至揭穿對方的祕密，並不會讓事情往好的方向發展。說到底，人根本就不應該揭開他人的祕密，而且應該更相信自己的妹妹才對。」

何況我就只有葵這麼一個妹妹，而葵也只有我這麼一個哥哥。如果不能相信葵，自己又有什麼資格聽她叫我一聲哥哥呢？

這一點同樣可以套用在她們身上。

「妳們如果真的是姊妹——不是更應該互相信任嗎？不是更應該擁有互相理解的體貼和溫柔嗎？」

這一點對於姊妹來說，絕對不是什麼困難的事。因為她們原本就比任何人都更加體貼彼此。

「姊妹之間最重要的事，並不應該是互揭祕密，而是應該互相理解彼此都會擁有祕密的這件事。再說……不管各自藏有什麼祕密，互諒互愛的姊妹情誼一定也不會有任何改變吧？」

「…………」

對於我的提問，三姊妹陷入沉默。

接著好一會兒後，她們唯唯諾諾地小聲開口說：

「的確……天真學弟說得沒錯……」

「我們也真是的……就算是情敵，未免也太過疑神疑鬼了……」

「如今仔細回想，我們實在是反應過度了……」

她們各自反省起來，接著互相深深低下頭。

「雪姊、花鈴……對不起！我應該更信任妳們才對！」

「花鈴也要道歉……都怪我滿腦子只想著學長的事……」

「我也覺得很抱歉……身為長女，未來一定會好好相信妳們。」

三個人互相道歉後，修羅場特有的緊張氛圍也跟著消失無蹤。

太好了……這下三姊妹應該就能停止爭執，變回過去感情深厚的好姊妹了。

這麼一想，身體不由得輕鬆起來。

※

就在三姊妹互相道歉、言歸於好之後——

一行人正好走到一處岔路，於是我停下腳步。岔路的一邊通往神宮寺家，另一邊則通往我家。

為了送葵回家，我無論如何都得先回家一趟。於是，我決定暫時先在這裡與三姊妹分別。

然而……

「吶，各位……可以聽我說一下嗎？」

幾乎就在我停下腳步的同一時間，月乃緩緩開口。她一臉難以啟齒似的，語氣凝重地說。

眾人聞言不約而同望向月乃。

「我其實一直瞞著大家一件事，至今遲遲不敢說出口。」

瞞著大家一件事──這句話讓我直接聯想到那個祕密。

喂、喂……為什麼要特地向大家公開這件事……？

就在我閃過這道疑問的瞬間，月乃拋出了令人難以置信的發言。

「就當作是為了剛才的事向妳們賠罪……我決定把這件事告訴妳們。」

「什……！月乃！」

她的話讓我心頭重重一驚，忍不住喊出她的名字。

她該不會打算主動說出自己的祕密吧？

動搖不已的我反射性地往前跨出一步，想要阻止她。

然而月乃回望我的眼神中，帶有堅定不移的決心。

「……！」

我見狀便一句話也說不出口。

因為光從她的眼神就能明白她是認真的。

「…………」

月乃知道我不會再阻止她後，靜靜地低下頭。

她反覆幾次深呼吸後，望向一臉不明所以的花鈴和雪音小姐。

接著……她終於開始娓娓道出：

「我……其實是個大變態！」

自己一直隱瞞至今的祕密。

「咦……咦咦……？」

「什、什麼意思……？月乃……？」

面對月乃出乎預料的告白，花鈴和雪音小姐一時之間似乎反應不過來。

月乃繼續向兩人仔細說明：

「雖然很難啟齒……我其實有發情癖……只要被男生碰到，過度在意異性的事……那個……就會升起性慾……」

月乃低著頭，眼神不停游移閃爍，卻仍然努力一字一句地訴說。

「因此常會動不動失去理智，做出襲擊或誘惑對方的變態行為……順道一提，我之所以會偷偷和天真卿卿我我，全都是因為性癖的關係。我會對著天真發情，甚至想和他做色色的事……」

「這、這些話……都是真的嗎？月乃……」

「嗯……我一直苦惱究竟該不該告訴妳們……又很擔心萬一妳們知道我擁有這種變態性癖後，很可能會因此討厭我，所以害怕得說不出口……可是我想要更加信任妳們。想要相信妳們並不會光因為這件事就討厭我。於是才會下定決心，向妳們坦白……」

聽見月乃的祕密後，雪音小姐和花鈴瞪大雙眼地當場僵化。甚至就好像忘了要呼吸似的。

「所以，希望妳們兩個……不要討厭我……」

月乃一臉不安地深切懇求著呆若木雞的兩人。

不過，她們兩人根本不可能因此討厭月乃。

因為——

「月、月乃！其實我也是！」

「花、花鈴也是！花鈴也和姊姊一樣！」

另外兩人也和月乃有著相同的祕密。

「咦……咦……？妳們的意思是……？」

雪音小姐和花鈴也輪流向瞠目結舌的月乃說明起來。

「我是所謂的被虐狂……萬一被人知道身為長女的我居然是這種變態，很可能會給大家添麻煩，所以我一直不敢告訴任何人……我是個會藉由捆綁自己的身體，或是向男人提供色色服侍來獲得興奮快感的變態……因為不小心被天真學弟發現，我為了滿足性慾，於是拜託他陪我進行被虐ＰＬＡＹ……」

「其、其實花鈴也一樣……花鈴呀，那個……很喜歡暴露……只要被人看見自己只穿內衣褲的模樣，就會感到興奮……常常對著偶然間發現花鈴性癖的學長露出胸部或屁股，藉此沉浸在色色的快感之中……另外，我也有畫以暴露為題材的色情漫畫。長久以來為了不讓姊姊們看到自己如此不堪的缺點，才會一直隱瞞……」

「咦？騙人……？妳們說的都是真的嗎……？」

這次換成月乃反問雪音小姐和花鈴。由於太過驚訝，她語調提高了八度。

「並不是因為顧慮我才這麼說的吧？妳們真的也有那種性癖嗎？」

兩人羞怯似的漲紅臉，緩緩點點頭。

「那麼……天真和大家共有的祕密是指……」

「總之……就是這麼一回事……」

我也老實地對轉頭看向我的月乃坦白。

「原、原來是這樣……我還以為妳們背著我，偷偷和天真交往……」

「我也是這麼懷疑的……因為妳們兩人和天真學弟實在太親密了……」

「花鈴也在猜想，就算和學長還不到交往的地步，也絕對是非比尋常的關係……」

彼此將祕密講開之後，互相抱持的猜疑也瞬間一掃而空，三人同時鬆了一口氣。

「不過實在太意外了……想不到我們三姊妹都是變態……」

「啊哈哈……聽到月乃的祕密，我真的嚇一大跳呢……而且居然連花鈴也是……」

「這句話是花鈴要說的才對！作夢都沒想到，就連姊姊們也那麼好色！」

出乎意料的事實，似乎讓三姊妹受到不小的衝擊。

得知其他姊妹的意外性癖後，每個人都是既驚訝又錯愕地露出一臉困惑的表情。看起來也像是因為如此難以置信的告白而陷入混亂。

就在此時——月乃靜靜地幽幽開口說：

「等等，可是……老實說，我真的不太能接受暴露性癖耶……？也就是主動脫光光之後，向天真展露自己裸體的意思吧？居然會因此感到興奮，簡直無法理解～……」

「什……！真要說起來的話，月乃姊才更奇怪吧！居然因為發情而失去理智，完全就是危險分子！應該說，根本和動物沒兩樣！」

「才、才不是！我只是剛好本能強過理性罷了！」

「那麼花鈴也只不是性慾比理性大一點點而已！」

「好了、好了，妳們兩個都別說了。在我看來，不管是發情癖還是暴露狂，其實都是半斤八兩。」

「雪姊還真好意思說，我才更加無法理解被虐狂呢！居然會捆綁自己的身體，什麼鬼嘛！」

「就是呀、就是呀！再說色色的服侍是指什麼？該不會是一邊舔學長的鞋子，一邊感到興奮吧？未免太可怕了吧！」

「我、我還沒做過那種事啦！」

喂，「還沒」是怎樣啊？

「我們三人當中，絕對是花鈴的性癖比較好一點！因為就只是脫光衣服而已嘛！」

「我才是最平凡的普通人！畢竟又不是我自己願意做出色色的事！」

「少胡說，我才比妳們正常多了！被虐願望是所有女孩子都會有的嘛！」

三姐妹互相對峙，再度吵了起來。

喂喂喂，她們究竟在搞什麼啊？原本還慶幸三姊妹總算和好了，居然立刻又再次點燃戰火！

話說這是什麼無聊爭執啦！明明就是每個人都一樣糟糕吧？妳們三個人全部半斤八兩啦！

看來這下又得介入調停才行……這麼想的我，正準備開口打斷三人的爭吵。

然而，就在我正打算說出口時——

原本怒目相視的三姊妹幾乎同時間爆笑出聲。

「噗……哇哈哈哈哈！話說回來，這種事打從一開始就沒必要隱瞞嘛！」

「我們果然真不愧是姊妹呢……居然就連這方面都很像。」

「就某種意義來說，我們每個人和學長的關係都非常詭異呢……」

在說出心中長久隱瞞的祕密之後，非但沒有被討厭，反而還發現其他姊妹也和自己一樣；或許是因此感到安心吧，三姊妹相視而笑。

而之前的爭執就好像騙人的一般，三人都浮現出溫和沉穩的表情。

「月乃、花鈴，對不起……都怪我一直沒有注意到妳們的心事……往後我們一定要好好地互相理解，好嗎？」

「嗯……我也希望能和妳們永遠相親相愛，別再互相猜疑或隱瞞。」

「我們再也不要吵架了！因為花鈴最喜歡姊姊們了！」

三姊妹互相約定，而後緊緊相擁在一起。

從她們的互動看來，三姊妹因為分享了彼此的祕密，而更加鞏固了三人的羈絆。

「什麼嘛……根本輪不到我擔心呀……」

看著她們的身影，我獨自小聲低喃。

當月乃自揭祕密的時候，我還以為一切都完了；沒想到卻得到至今為止最棒的美好收尾。

如此一來，她們再也不必擔心性癖會被其他姊妹發現。不僅如此，要是遇到有關於性癖的煩惱，她們或許還能互相協助解決吧。一思及此，總覺得自己肩上的重擔似乎減輕了一些。

接下來，就是必須設法讓她們對我死心才行……

「不過……這件事就之後再說吧。」

我可不希望因為自己不識趣的插話，打擾了才剛和好、正緊緊抱成一團的三姊妹。

這麼想的我獨自揹著葵，悄然踏上歸途。

※

「葵，哥哥要走了喔。妳要乖乖刷完牙、洗好澡再去睡喔？」

「嗯～……嗯……晚安……哥哥……」

回到家後，我先是叫醒葵，對著睡眼惺忪的她百般叮嚀。接著又是準備換洗衣物，又是放好熱水，替妹妹打理好一切。

之後我再次離開家門，準備返回神宮寺家。

「辛苦了，『天真哥哥——』」

「咦……」

一走出門，就看到月乃站在我家前面。

不，不只是月乃，她的身後還有雪音小姐和花鈴。

「妳們來做什麼……？話說妳們怎麼知道我家……？」

「我們去向爸爸問來的。誰教學長一個人先跑掉。」

「你是特地顧慮我們吧？其實你大可以不必那麼做。」

三姊妹不約而同投給我一抹恬然的笑容。

「不過，也剛好多虧於此，讓我們姊妹可以有時間好好談談。」

「有時間好好談談……？妳們談了些什麼……？」

「那還用問，當然是天真的事呀。」

月乃的這句話，讓我的胸口隱約有些刺痛。

「剛才在你離開之後，我們互相討論了一下該怎麼解決天真的事。最後──做出了一項結論。」

結論……明顯聽得出來，月乃刻意加重這兩個字。

「我們決定聽天真的話，不會再上演修羅場的戲碼，最後會堂堂正正地競爭。」

月乃彷彿要和我宣示她的意志似的跨步走到我面前。

堂堂正正地競爭……該不會……

「我們直到剛剛才發現……我們一直還沒有正式向天真提出請求。這種事果然還是應該按部就班來才對。為此……我們才會特地來到這裡。」

「月、月乃……」

她以充滿決心的眼神筆直地凝望我。

不……應該說是「她們」才對。

「最後果然還是必須聽到天真的回答，否則事情永遠無法落幕。」

「不論結果如何，花鈴和姊姊們都會接受學長的決定。」

雪音小姐和花鈴同樣往前跨出一步，以蘊含決心的眼神看著我。

緊接著——她們三人異口同聲地說：

「「「天真（學弟）（學長）！請和我交往吧！」」」

她們同時低下頭，正式向我提出交往請求。

「……！」

那句告白讓我的心臟冷不防揪緊。儘管早就知道她們對我抱有強烈好感，親耳聽到她們說出口時還是會感到無比心動。

她們的心意直率而毫不矯作。過去的我連想都沒想過，被女孩子投以如此強烈的好感會是這麼令人開心的事，更何況對象還是她們三姊妹。

長相甜美、漂亮、個性又好，而且在學校人見人愛。如此完美的女孩們居然會看上我，這世上再也不會有比這更幸福的事了吧。

可是……

「……很抱歉，我還是無法和妳們交往。」

我向她們表明自己始終不變的想法。

「天真……為什麼……？」

月乃一臉沉痛地望著我。

「就如同我之前一再說過的……我是基於工作，才會以假想丈夫的身分和妳們一起生活。而協助妳們成為出色的新娘、順利嫁入名門，便是我接到的工作內容。我不可能拋下工作和妳們交往。」

要是真的和三姊妹當中的某人發生關係，無疑是對肇先生最大的背叛。這和以往無辜被捲入三姊妹的變態ＰＬＡＹ裡，抑或是為了控制、矯正她們的性癖而不得已陪她們從事色色行為的情況不同，是如同字面所示的真正背叛。

「說到底，我實在配不上妳們。妳們可是人見人愛的完美名門千金；而我就只是個普通凡人。雖然功課勉強算得上不錯，除此之外並沒有什麼特別的才華，家世也稱不上顯赫。我們根本就不適合。」

「才——才沒有那回事！花鈴或許配不上學長，但學長絕對不會配不上花鈴！」

「沒錯！我才不是什麼完美的千金小姐！而是一個變態被虐狂罷了！」

「比起我們變態三姊妹，天真才更了不起！」

三姊妹口徑一致地全力否定。

真的很高興可以聽到她們這麼說。不過，我的心意還是不會改變。

「再說……肇先生已經替妳們決定好相親對象了吧？」

當我提起這件事的瞬間，三人的臉色又再度黯淡幾分。

「相親對象各個都是名門子弟對吧？我相信他們才是真正適合妳們的人選。所以，請妳們忘記我吧，妳們應該交往的對象是他們才對。跟他們在一起，才是對妳們最好的選擇。」

「那怎麼可能！」

花鈴豁出去般地放聲大喊：

「突然要我和一個不認識的男生結婚，我怎麼可能會幸福！」

「我也不會答應相親！畢竟是自己將要交往的對象，當然應該由自己決定才對！不要擅自替我作主！」

「我其實也很反對相親……儘管我不斷說服自己，身為長女就該為這個家克盡義務，但我還是忍不住想逃離這一切……」

「妳們……」

儘管貴為名門千金，她們終究也只是和我年紀相仿的女孩子。要她們透過家長安排好的相親來決定一生的伴侶，想必一定非常反感。縱使早在很久之前，便已經做好心理準備。

然而即使如此……

「……我還是認為妳們應該接受相親。」

雖然我並不認識她們的相親對象，但他們好歹也是肇先生親自挑選出來的人。相信無論容貌、人品還是家世，一定都比我更加優秀才對。對三姊妹來說，和他們交往無疑才是最大的幸福。

我不能成為她們光明人生道路上的絆腳石。

或許現在會害她們傷心難過，但這都是為了她們的將來著想。

「我終究只是妳們的假想丈夫，無法和妳們成為真正的戀人，也沒有能力帶給妳們幸福……所以，我認為妳們應該和肇先生挑選的對象在一起才對。」

「才不是那樣！花鈴……花鈴……就是想和學長交往！」

「我也一樣只要有天真在我身邊就好，其他什麼都不要！光是這樣，我就已經很幸福了！你明白了嗎？」

「天真學弟……拜託你，請你接受我們的心意吧……」

不管我再怎麼苦心相勸，她們還是一心只想選擇我……比起肇先生認同的對象，她們更想和我交往。而且，每個人都希望我能選中自己。

我想再也沒有比這更光榮的事了。

正因為如此——我才必須說清楚。

「……抱歉。」

對於她們的熱切表白，我只是簡短地如此答覆。這都是為了她們的將來著想。

「怎麼這樣……」

「騙人……」

「……！」

三姊妹流洩出簡短的回應。

透過這句話，她們似乎都已經明白我的想法。也知道不管她們怎麼說，我都不會改變心意。

「……我知道了。這就是天真的回答吧……」

「既然學長都這麼說了，那也沒辦法……」

「天真學弟……謝謝你的回覆。」

三人有氣無力地說道。

只見她們的眼眶逐漸聚滿水氣，淚水滑落臉頰。

與此同時，她們轉身背對我。

「那麼……我們先回去了。」

「再見了……學長……」

「拜拜，天真學弟……下次見喔……」

是因為不想被我看見哭泣的臉呢？還是對我感到心灰意冷了？

三姊妹從我身邊快步離去。

直到她們的身影完全消失在視野中，我遲遲無法從她們身上收回目光。

第五章　喜歡色色的新娘嗎？

那是很久以前的一段記憶。

如今就連長相都已經想不起來的一名女孩，手裡握著一只信封。

女孩把信封遞給我，用著夾帶溼潤淚意的聲音開口說：

「我——會永遠記得天真的。」

我接過信封後，再度望向她的臉龐。

接著，眼前的少女已然消失無蹤。

於是在那之後，我再也不曾見過那名少女。

※

「嗯……嗯嗯……天亮啦……」

我醒來後，睜開眼看到的是令人懷念的自家床鋪。

「對喔……我已經回家了……」

我揉揉眼睛，同時確認了一下床鋪的觸感。廉價的觸感，完全有別於神宮寺家的彈簧床。

話說回來……真令人懷念的一場夢呢。

我夢見了很久以前和初戀少女離別時的場景。夢境裡，少女即將搬到其他城市，她在臨走前交給我一封信。

為什麼事到如今又會夢見這段往事呢……儘管不清楚確切的理由，唯一可以確定的是，一定和前幾天發生的事有關。

自從拒絕三姊妹的告白之後，已經過了好幾天。

原本在三姊妹和相親對象正式見面以前，我都必須和她們同居。然後同時教導她們如何和男生相處，藉此博取相親對象的好感。

然而發生了那件事之後，見到面難免會有點尷尬。況且她們現在一定也很想和我保持距離，於是我索性就沒有回去神宮寺家了。

此外……

「希望她們三人……可以趕快重新振作起來……」

她們目前正處於被心儀對象拒絕的傷心狀態。要她們在這種狀態下去相親——還要竭盡所能地討好不認識的男生，根本是強人所難。希望她們的情傷可以儘早癒合，才不會錯失如此難得的好機會。因此，害她們傷心的我，此時還是別接近她們比較好。

「不，等等。比起這一點……我更擔心會因為其他理由而導致相親破局……」

畢竟是那三個變態姊妹。即使情傷痊癒，再次變回平時的她們，還是有可能會在相親席間展開色色ＰＬＡＹ。到時候，婚事一定會當場告吹吧。

唉，不過……她們三人現在都已經知道彼此的祕密。假使真的有誰不小心失控，姊妹之間一定也會互相照應才對。

「這麼想也是……應該沒什麼好擔心的……」

我小聲地如此安撫自己，靜靜地說服自己她們一定不會有問題。可是……總覺得難以釋懷。

自從拒絕她們的告白之後，這道莫名所以的愁悶情緒便一直困擾著我。一開始還以為自己只是擔心她們的婚事能否順利談成，才會如此耿耿於懷。不過，似乎並不只是因為這個理由。即使不斷說服自己相親一定會很順利，仍然無法解開糾結的情緒。

「咦？哥哥已經起來啦？」

此時，葵打開我的房門探頭進來。

「葵、葵……早安。妳今天起得真早耶？」

我看了一眼時鐘，差幾分鐘就正好是中午十二點。

想不到自己居然會睡到這麼晚……

「真是的。既然起床了，就快點換好衣服，把臉洗一洗後過來。我一直在等你吃午餐耶。」

「抱、抱歉……剛才在想點事情……」

我慢吞吞地從被窩裡爬起來，接著以龜速拿出要換穿的衣服。雖然不想讓可愛的妹妹繼續等待，但身體就是無法俐落行動。

「算了，隨便你。今天的午餐我已經先煮好了，快點趁熱來吃吧。」

「好、好……謝謝妳……」

就算想要在葵的面前假裝堅強，卻怎麼也無法做出像樣的回應。而且難得能吃到葵親手做的料理，但自己就是提不起勁。

「啊，對了。另外有件事想問哥哥。」

「嗯？什麼事……？」

「哥哥還不準備去花鈴姊姊她們家嗎……？」

聽見葵的唐突提問，我的身體重重一顫。

「什、什麼嘛……葵不希望哥哥在家嗎……？妳就那麼希望我趕快回去那邊嗎？」

「我又不是那個意思……因為哥哥現在不是為了工作而住進花鈴姊姊她們家嗎？不趕快回去沒關係嗎？」

真是犀利無比的指正。畢竟我並沒有向葵仔細說明事情原委，她會感到疑惑也是理所當然的。

但自己就是很難把事情的真相向葵啟齒……這下該怎麼敷衍過去才好——

「難道哥哥……拒絕花鈴姊姊她們了？」

被葵一語說中痛處，害我小姆趾不慎踢到衣櫃的櫃角。

「唔！唔唔唔！唔～～～～！」

「果然沒錯……你喔，真是沒救了耶，哥哥。」

葵看著痛到在地上打滾、連叫都叫不出來的我，一臉無言地嘆了口氣。

「等、等一下！不要擅自亂下結論！我、我並沒有——」

「是是是。你剛才的反應就已經說明了一切喔。這又沒什麼好隱瞞的。女人公敵的哥哥。」

「唔……」

葵的銳利視線扎得我好痛。她看起來完全不給我機會解釋。

「唉～～……果然是這樣……花鈴姊姊她們好像很喜歡哥哥呢。」

「咦？妳、妳……妳怎麼會知道？」

「只要從祭典那天的相處情形就能看出來啦！她們三人為了哥哥爭風吃醋得那麼明顯耶！」

仔細想想也是。那麼露骨的示好舉動，任誰都能一眼看穿。

「然後哥哥又剛好從祭典隔天起，突然不再去花鈴姊姊她們家對吧？而且還一副要死不活的樣子，就像剛和戀人分手似的……所以我就想說，這中間一定發生了什麼事！大概猜得出來，應該是哥哥拒絕人家了吧！」

真是太神奇了……居然全被葵看穿了……老實說，我一直以為葵應該更遲鈍一點才對，居然在不知不覺間成長了那麼多。

只是現在的我，實在沒有多餘的心力為了她的成長感到欣慰。

葵眼神銳利地盯著我，對我做出嚴厲的指責：

「哥哥真是太過分了！為什麼要拒絕三位姊姊！她們明明都是真心喜歡哥哥耶！」

「那是因為……我也別無選擇啊。妳應該也知道吧？我的工作是協助三姊妹嫁入名門。只不過是假想丈夫的我，如果和她們當中的某人交往，這可是嚴重違約耶！」

「可是比起什麼名門富二代，三位姊姊更喜歡哥哥吧！既然如此，你就應該好好回應她們的心意才對！既然身為她們的丈夫，就必須更加考慮到她們的心情吧！」

「話是這樣沒錯，但我們終究只是假想夫妻，三姊妹和我只不過是假扮的一家人罷了。所以就算她們再怎麼喜歡我，我也不能接受她們的心意。」

「才不是什麼假扮的家人！三位姊姊都是哥哥名副其實的妻子！」

葵抬起腳，「咚！」的一聲用力跺了一下地。

「至少對葵來說，三位姊姊和我就像一家人一樣！她們非常疼愛我，而且還要我把她們當成親姊姊！」

的確，當葵走丟的時候，三姊妹也是完全當成自己的事一樣，奮不顧身地幫忙找人——彷彿真的把葵當成自己的家人。

「我相信花鈴姊姊她們一定也把葵當成真正的家人看待，而且也是真的把哥哥視為真正的丈夫一樣愛慕。難道哥哥並不這麼想嗎？你對於三位姊姊的信任，就只有這點程度嗎？」

「這、這個……」

『如果真的是姊妹——真的是家人，不是更應該擁有互相理解的體貼和溫柔嗎？』

我不經意地回想起之前曾對她們說過的話。如果就這層意義來看，她們確實可以稱得上是我真正的家人。

而且……

「我當然……也很信任她們。比起單純工作上的交情，我也有感受到其他更重要的情誼……」

「既然如此，我們大家不就已經是一家人了嗎？三位姊姊當然就是哥哥名副其實的妻子呀！」

葵直截了當地說。

「然而，哥哥真的要把她們推給別人嗎……？那樣就好像哥哥狠心棄她們於不顧喔？如同是哥哥絕情地推開她們喔？」

「——！」

葵的那番話，讓我有一瞬間忘了要呼吸。

我……棄她們三姊妹……棄如同家人一般的她們於不顧……

罪惡感鋪天蓋地襲向胸口。自從拒絕她們的那一刻起，一直盤踞在心底的那道情緒也越發漲大，猛然朝我反撲而來。

「可、可是……！我也只能那麼做呀！為了她們將來的幸福著想，我唯一能做的就只有說服她們放棄我，並且鼓勵她們去相親啊！」

就結果來說，比起和我這種平庸之輩在一起，絕對是嫁給名門子弟才更能得到幸福——這點應該無庸置疑。

然而，葵搖了搖頭。

「才沒有那回事。反倒是哥哥如果是真的為了她們的幸福著想，這樣的做法反而才是大錯特錯。」

「咦……？」

「因為……用這種理由拒絕她們，未免太過分了！如果是因為討厭她們，或是另外有喜歡的對象，這當然莫可奈何。可是，擅自替對方決定幸福的定義，再用這個理由拒絕對方的心意，不覺得很殘酷嗎？」

殘酷二字的衝擊回響，讓我的背脊竄過寒意。

「被人像那樣劃清界線、拒於千里之外，真的會格外無所適從。就好像自己的心意——自己描繪的幸福藍圖都被全盤否定一樣……！被心儀的對象用那種理由拒絕，花鈴姊姊她們實在太可憐了……哥哥的做法就等於是無視她們三人的心意，冷血地棄她們於不顧喔？」

「怎、怎麼會……」

葵再次厲聲指責，我的胸口有如被刺穿一般疼痛不已。我自以為是的所作所為，反而深深傷害了她們。一思及此，心情就變得無比沉重。

「再說……哥哥其實也很後悔吧？」

「後悔……？」

「哥哥也對三位姊姊很有好感吧？應該說，你其實也喜歡她們吧？」

「我、我對三姊妹……」

我最近確實很在意她們。

但要把那份好感明確歸類為喜歡，似乎也不太對……

「哥哥自己或許並沒有意識到，但旁人看得一清二楚喔。因為哥哥看著三位姊姊的眼神，和平常截然不同，眼睛都快變成愛心形狀了。」

「什——！」

登時，一道有如電流般的衝擊感流竄全身。

被葵這麼一說，我開始重新檢視自己的心意——自己對於她們的心意。

儘管害羞不已，仍然竭盡所能向我示好的月乃；總是活力十足地向我撒嬌的花鈴；以及用著無處安放的萬千溫柔，全面包容我的雪音小姐。

我喜歡她們三個人……

「你居然拒絕了那麼好的女孩……就是因為傷她們傷得太深，才會連哥哥都跟著一蹶不振吧。」

「……！」

聽到葵這番話的瞬間，我豁然開朗。

終於明白一直以來盤踞在胸口的那道糾結情緒究竟為何物。

「原來……我……早就喜歡上她們了……」

自從三姊姐開始對我抱有好感之後，我便一直自我警惕，深怕就連自己也會喜歡上她們。然而，這些努力只是徒勞無功。因為，我終究還是對她們心動了。

就某方面來說，這也是理所當然的結果。面對那麼強勢的追求攻勢，感受到對方如此強烈的心意，教人怎麼能不心動。

由於拒絕了心儀的三姊妹，我才會一直難以釋懷……深深感到後悔……

正是因為還有依戀，剛剛才會作那場夢吧。夢見初戀對象——很可能是三姊妹其中一人的初戀對象，拿信給我的場景。

明明就是非常單純的一件事，直到被葵點醒之前我居然一直沒有發現。不……或許應該說，我根本不打算去發現。因為一旦意識到自己的心意，我絕對不可能繼續悶不吭聲，到時恐怕無法完成肇先生交待的工作。

「既然明白了，就快去向她們表達心意吧。如果真心為了她們的幸福著想，這才是哥哥最應該做的事。」

葵彷彿替我的這份心意補上一記強心針。她溫柔地從背後推了我一把，催促我去找三姊妹。

聽完她的話，我立刻就想穿著睡衣衝出家門。

不過……我果然還是無法跨出最後一步。

「可、可是……如果我自私地那麼做，我們家的負債恐怕……」

向她們表白我的心意，就等於是在阻撓相親。要是那麼做，絕對會觸怒肇先生。到時候不僅領不到薪水，就連當初說好會幫忙還清債務的約定也將一筆勾銷。

更何況這次的相親還是肇先生親自安排的。跟之前破壞諒太和月乃關係的那件事根本不能等同論之。

如果太過感情用事，而和肇先生撕破臉的話，到時我們家就得喝西北風了。那樣一來，也會害葵吃苦。

「我有義務讓我們家……讓葵過著幸福的生活。我絕對無法做出那麼自私的事，破壞葵的幸福……」

考量到家人，我實在無法單憑自己的情感莽撞行事。不能不顧自己的責任——

「真是的！你到底在想什麼啊！哥哥這個大笨蛋！」

當我裹足不前時，葵毫不留情地怒斥我。

「我才不要你那麼做！我也希望哥哥得到幸福啊！希望一直以來為了這個家——為

了我而努力的哥哥也能得到幸福啊！」

「葵、葵……」

「這樣才是一家人啊！如果為了某一方的幸福而必須犧牲另一方，我寧可不要！所以，哥哥現在不可以只顧著想到葵！應該好好思考三位姊姊的事！」

葵——我一心認為必須由我來保護的妹妹，居然如此為我著想。這道事實溫暖了我的內心深處。

「再說，如果哥哥現在不去找花鈴姊姊她們，她們三人絕對無法得到幸福。如果哥哥很珍惜我，也請同樣地珍惜她們吧……珍惜有如家人一般的三位新娘！」

看著如此訴說的葵，我一句話也說不出來。

真傷腦筋……我能找的所有退路，全都被葵封死了。

這下就只能往前走了。我不能繼續在葵的面前躊躇不前！

「哥哥一定辦得到！提起自信去找她們吧！」

「嗯……謝謝妳，葵！」

在葵的鼓舞下，我立刻換好衣服衝出家門。

目的地當然是三姊妹所在的神宮寺家。

※

我想和三姊妹好好談談。

秉持著這道念頭，我一路穿過住宅區，朝她們家疾奔而去。搭車也要一點時間的距離，我全程只靠著自己的雙腳奔跑。

就這麼不停跑了幾十分鐘後，終於抵達她們家。我打開大門衝進家裡。

「月乃！花鈴！雪音小姐！」

我大聲呼喚三人的名字——為了向她們道歉，為了告訴她們自己的心意。

然而……沒有任何回應。

此時我才注意到，玄關沒看到她們的鞋子。

「咦……？」

取而代之擺著另一雙鞋。一雙沒看過的陌生女鞋——

「天真大人？」

愛佳小姐從客廳裡走出來。似乎是三姊妹有事外出，於是由身為女僕的她來顧家。

「愛、愛佳小姐！大家呢？大家去哪兒了？」

我急到甚至忘了打招呼，直接向愛佳小姐連珠砲地追問。

她聽完後，一臉無奈地嘆了口氣。

「真是的……您現在還來做什麼……」

而後，她突然換上嚴厲的視線瞪著我。

「從三位小姐的模樣，我已經大概猜到事情的來龍去脈。天真大人，您傷害了三位小姐對吧？」

「……！」

無法否定，但是又難以開口老實承認，只能支吾不語。

「你或許是打算回來向小姐們道歉吧，只可惜晚了一步。小姐們不久之前，已經跟著肇大人一起去見相親對象了。」

「咦咦？」

怎麼會！如果按照肇先生之前說的，距離正式見面的日子應該還有幾個星期才對！

「預定的日期臨時提早了。所以，今天中午就會和對方見面。」

「妳、妳說的……是真的嗎……？」

「我沒有必要欺騙您吧？」

怎麼會這樣……當我在家裏足不前、抱頭苦思時，事情居然演變成這樣了……

不，現在就放棄還太早！

「愛佳小姐……拜託妳！能不能告訴我三姊妹在哪裡？」

身為肇先生祕書的她，一定知道三姊妹被帶到哪裡去才對！

「……知道後，您打算怎麼做？」

然而，愛佳小姐無意告訴我。

「天真大人曾經拒絕了小姐們對吧？雖然並不是直接從小姐們口中聽來的，但看到小姐們黯然神傷的模樣，再加上天真大人也不在家，我就大致猜到情況。」

「那、那是……」

「您知道嗎？小姐們這幾天的樣子，只能以憔悴來形容。茶不思飯不想的，有如活死人一樣，把自己關在黑漆漆的房間裡。要不是三天前我剛好有事過來一趟，三位小姐很可能早就不支倒下了。」

原來……愛佳小姐之所以會在這裡，都是為了照顧三姊妹嗎……

「我曾經那麼信任您，曾經以為可以放心地把小姐交給您。然而，您深深地傷害了小姐們。我知道您一定也有許多考量和苦衷，但傷害小姐們卻是不爭的事實。我為什麼要把小姐們的下落告訴害她們傷心的您呢？」

愛佳小姐眼帶責備地看著我，內心的不悅畢顯無遺。

看著她犀銳的憤怒表情，我不由得咬緊牙根。面對如此激烈的情緒反應，如果是平時的我，絕對會嚇得雙腳發抖吧。

不過——

「因為我想去把她們帶回來。」

即使如此，我也絲毫沒有退縮，毅然說道：

「她們並不想接受相親。明知道她們不願意，還是硬逼她們和不認識的對象結婚，我實在無法坐視不管。而且……」

我先停頓一下，稍微換口氣。接著在心底做好覺悟後，開口說出自己的心情：

「我喜歡她們。就如同她們重視我一般，我也非常珍惜她們，所以我想去把她們帶回來。然後，我想繼續和她們一起生活。」

與三姊妹的同居生活，可以說是一連串的苦難折磨。一會兒得被迫看花鈴的裸體，一會兒又在浴室遭到雪音小姐強行侍浴，還得被發情的月乃襲擊……此外還必須替她們瞻前顧後，避免她們姊妹之間互曝性癖。

即使如此，如今回想起來，這一切對我來說都是非常重要的日常點滴。

「我相信她們三姊妹一定也是這樣想。一定也希望繼續和我一起生活。」

她們現在一定還是想和我在一起。如此堅信的我，向愛佳小姐接下去說道：

「我之前確實做出錯誤的選擇，因此傷害了她們。不過，我絕對不會再讓她們傷心難過。再也不會誤判她們的幸福！」

我吐露自己的決心，同時筆直地注視愛佳小姐的眼睛。

「我要以假想丈夫的身分，將她們三人帶回來！一定會守護她們與心儀對象的生活——她們真正的幸福！所以，請妳告訴我她們現在人在哪裡！」

我猛然低下頭，把頭深深壓低到背脊幾乎就快折斷的程度。

而後……靜謐籠罩四周。

「…………」

對於我的殷切懇求，愛佳小姐始終一語不發。

儘管低著頭，我還是可以感受到她向我投來的冰冷目光。

縱使如此，我依然持續低著頭——抱定了除非她回答我，否則死也不會移動半步的覺悟。

接著——愛佳小姐靜靜地開口說：

「……會場是在『瑪莉皇后』飯店。是東京都內數一數二的高級飯店。」

「……！」

三姊妹現在就在那裡……！我的心臟瞬間加速狂跳。

「不過那裡離這裡有一段距離喔？如果搭電車過去，再徒步走到飯店，大約需要一個半小時。和對方約會見面的時間是下午兩點。」

「下午兩點……然後現在的時間是……！」

我看向時鐘，時間正好是下午一點整。換句話說，不管我再怎麼趕路……

「是的，現在趕過去也來不及了。」

「怎、怎麼會……！」

不會吧……枉費葵點醒我，才讓我發現了自己的心意，然而一切早就為時已晚……

「——以上是指您自行前往的話。」

「咦……？」

愛佳小姐拿出某項物品，舉在我的眼前。

那看起來應該是汽車鑰匙——

「沒辦法了，就讓我送您過去吧。我也希望小姐們可以和自己盼望的對象過著幸福的生活。」

如此說道的愛佳小姐，臉上綻開一抹溫柔的微笑。

※

搭乘愛佳小姐的車大約一小時。

當我們終於抵達飯店附近時，已經接近下午兩點。從車窗望出去，眼前是一棟宛如宮殿般的壯麗建築物。

「大家應該都已經抵達飯店了，甚至有可能已經和相親對象見面……」

「放心吧！既然來了，我就一定會把她們帶回來！」

車子慢慢開進大得離譜的飯店園區內。

當車子一停好的瞬間，我隨即開門跳下車。

「我現在依然相信天真大人。所以，小姐們就拜託您了！」

「好的！謝謝妳！」

回應愛佳小姐之後，我立刻邁步狂奔。一直線穿過停車場後，衝進位在後方的飯店內。接著我鑽過一臉驚訝的工作人員和顧客之間，奔跑在鋪著地毯的走廊上。

——她們三人究竟在哪裡——？

我邊跑邊放眼四周，尋找三姊妹的身影。如果她們已經開始和相親對象見面，地點很可能會是在我無法進入的房間。我壓抑內心升起的不安，一股腦兒地拚命搜尋。

於是，我來到飯店的最內側。在一處擺放著一看就很高級的木製餐桌與沙發、有如交誼廳一般的空間內，我發現了數道再熟悉不過的身影。

三姊妹正一臉悶悶不樂地坐在沙發上等待。

「喂，大家——！」

我不由自主地朝著她們大喊。身邊好幾個人都像是嚇了一大跳似的瞠目看著我。當然，三姊妹也轉頭望向我。

「天、天真……？」「學長……？」「天真學弟！」

三人原本的哀傷神情，瞬間轉為一臉驚訝。

太好了，看來相親對象還沒到。我跑向她們，想要立刻把人帶回去。

然而就在半路上——

「哎呀呀，別在這裡大呼小叫的。」

「！」

一名身材魁梧的男子突然出現，隔開我和三姊妹。

「肇、肇先生……！」

「你好呀，天真同學。居然連你都來了，真是嚇了我一跳。」

壓倒性的存在感擋在我的面前。

「其實我原本還很擔心你呢。今天回家接我女兒們時沒看到你的人，想說晚一點再打個電話給你。」

身穿和服的肇先生沉著冷靜地直視我。

光只是這樣，便散發出讓人幾乎喘不過氣的威嚴。

「而且，聽說你這幾天也都不在我們家，到底做什麼去了？如果真的有事的話，希望你至少可以向身為雇主的我報備一下。」

「………」

我畢竟受僱於人，確實應該為了自己擅自拋下工作一事好好道歉。

不過，我噤口不語。總覺得如果現在道歉了，就會在他面前抬不起頭。

「算了，無妨。話說回來，你來這裡做什麼？找我們有什麼事嗎？還是說，你是想來關心一下，我女兒們的相親順不順利？」

面對肇先生的質問，我拿出決心打破沉默。

「肇先生……我想拜託您。請您取消三姊妹的相親吧！」

既然都來到這裡了，就只能全力應戰。我已經做好反抗肇先生的覺悟！

「她們三個人都非常抗拒相親！不想嫁給您擅自決定的陌生男子！請您讓三姊妹自己選擇結婚的對象吧！」

「喔……」

肇先生盯著我的臉，靜靜地開口說：

「還想說你的臉色不太對勁……你該不會就是特地跑來跟我說這些的？」

肇先生往前跨出一步。驚人的魄力逼得我差點忍不住往後退。

不過，此時說什麼也不能退縮。我站穩腳步，抵抗他的氣勢。

「老實說，我真的很驚訝。我還以為天真同學是個能夠忠實執行任何交待的工作，一板一眼的人呢。想不到你居然沒有搞清楚自己的職責。還是說，妨礙我女兒的幸福，才是你的工作？」

另一方面的肇先生，則是一臉從容不迫的表情。看起來似乎完全沒把我的抵抗當一回事。

「雖然不知道你在想什麼……不過老實說，我感到非常困擾。請你別來妨礙我女兒的幸福。」

「不是的！我就是為了她們著想，才會這麼說！」

我剛才被葵一語驚醒。擅自替對方決定幸福，是多麼殘酷的一件事。無視他人的心情和心意，是多麼過分的一件事。

所以，必須讓肇先生中止這場相親才行！

「就算是父親，自作主張決定女兒的結婚對象實在太奇怪了！她們應該也有權利選擇自己喜歡的對象，有權和自己喜歡的人在一起才對！您卻剝奪這個權利，這是為人父親應該做的嗎？」

「你錯了。」

肇先生不以為然地反駁我的意見。

「我是為了守護家族，才會讓女兒和最適合的對象結婚。這才是身為父親的責任，同時也是義務。你或許不會懂吧。」

「什麼叫為了家族……！家族就那麼重要嗎？甚至遠勝於自己女兒的幸福？」

「這是我們——肩負名門重擔所不得不做的考量。」

我的話絲毫沒有動搖肇先生的想法。

「相信到了最後，女兒們也會發現這樣才是最幸福的。只要家族有權有勢，當然就能不愁吃穿。況且我挑選的結婚對象，每一位都非常優秀。不僅能力好，為人也很正直。絕對有能力帶給我女兒們幸福——和你這樣的小毛頭可不一樣。」

完全被看扁了。無論是我的話，還是我的存在。

對肇先生而言，我的話就和小孩子的玩笑話沒兩樣。只是不值得一提的廢言……

「再說，我女兒從來沒說過不想接受相親喔？你才不該否定我女兒的想法吧？」

「想也知道她們只是顧慮您，所以說不出口罷了！請您好好看看現在的她們！怎麼看都不像是樂觀看待結婚的樣子吧！」

我指了指一臉不安地看著我和肇先生的三姊妹。

然而，肇先生仍然面不改色。

「的確，要和還不熟悉的對象結婚，她們多少會感到不安。可是過了幾年後，她們一定會感謝我。謝謝我守護家族，還替她們找到好伴侶。」

不行……完全講不通。肇先生和我活在不同的世界。雖然我們兩人希望三姊妹得到幸福的心情是一樣的，想法卻完全沒有交集。

就算再怎麼努力說服，試圖和平解決事情，就憑我恐怕無能為力吧。

……滿心的懊惱不甘，讓我忍不住好想放聲大叫。

「話又說了，你有什麼資格插嘴？並非出身名門的你，有什麼資格對神宮寺家的婚事說三道四？」

「我只是……！」

「應該沒資格吧？連這點道理都沒想通，居然也敢貿然跑來鬧場，我真是打從心底對你感到失望。看來是我之前太過信任你了。」

肇先生看著我的眼神中，透露出失望。

「雖然有些遺憾，但我不想再看到你。原本我是打算等婚事都談妥後，再結束和你的合約，不過請你現在立刻走人。當然，還清債務那件事，就當我沒說過。」

「…………」

「從今以後，禁止你進出我們家。也不准再接近我女兒。」

「……我拒絕。」

嘴巴擅自動了起來。

「唔……？」

「我是說，我拒絕！」

我繞過肇先生的身邊，奔向在他身後的三妹妹。

接著像是要守護她們一般，擋在她們前方。

「我絕對不要和她們分開！我已經決定了！我想繼續和大家一起生活！」

我用著像是要驅退他的氣勢大聲吼道：

「我是她們的丈夫！我才不會把自己的妻子交給任何人————！」

周遭一帶頓時鴉雀無聲。

「你……你這小子……！」

肇先生的額頭上浮現出青筋。

「你想對我女兒出手嗎……？」

他一臉怒不可遏的表情。我知道自己澈底惹怒他了。他散發出來的魄力幾乎快要將我吞沒。

然而，同樣也是一瞬之間的事──

「爸爸！」

雪音小姐站在我的身邊。接著──

「我不想要相親！」

這是她第一次親口告訴肇先生。

「我也絕對不會接受相親！」

「花鈴也一樣，死都不要！」

月乃和花鈴也跟著來到我身邊，說出自己真正的想法。

「妳、妳們……！」

肇先生瞪大雙眼，整個人像是靈魂出竅似的。

「我喜歡的是天真學弟！所以不想和其他人結婚！」

「我也一樣！要結婚的話，除了天真以外，我誰也不要！」

「花鈴也是！花鈴的另一半，就只能是天真學長一個人！」

「什……！妳們一個個在胡說八道些什麼……？」

肇先生再次望向我，眼神裡夾帶著嚴厲的責備。

「臭小子……！你竟敢玩弄我女兒……！」

他用力握緊拳頭，手心幾乎都快握出血。

不過，月乃開口反駁說：

「不是的！我們都是以自己的意志喜歡上天真的！」

「什麼……？」

「而且也是由我們主動告白的！請爸爸不要那麼說天真！」

「天真學弟並沒有玩弄我們！他才不是那種人！」

「花鈴——花鈴和姊姊們是真心想和天真學長交往！」

三姊妹態度堅定地熱切訴說著。

「別……別開玩笑了！爸爸絕對不會認同！」

肇先生一臉心急地厲聲怒吼。

「妳們三個聽好了……婚事都已經談得差不多了。事到如今若是婚事告吹，很可能會害神宮寺家的名聲受損喔？一旦惹怒對方，恐怕會造成嚴重的後果。」

如此說道的肇先生，試圖說服三姊妹。

只是他的這番話，三姊妹根本聽不進去。

「我才不在乎這個家會變成怎樣！」

「對不起，爸爸。我也是同樣的想法。」

「與其要和學長以外的人交往，花鈴寧可離家出走！」

「別說傻話了！不只是神宮家的事！如果妳們拒絕這門婚事選擇天真同學，就等於親手斷送自己的幸福啊！妳們到底知不知道嚴重性！」

「「「什麼才是幸福，由我們自己決定！」」」

「……………！」

三姊妹的話讓肇先生當場語結僵住。蓄滿了三姊妹決心的這番話，散發出懾人壓力，堵得他一句話也說不出來。

「天真學弟……你剛才說的話都是真的嗎？」

「以後真的也會繼續陪在我們身邊嗎？」

「花鈴非常期待喔？要是學長敢說謊，花鈴絕對饒不了你！」

「嗯……當然了。我想和妳們永遠在一起。」

只見她們眼底聚滿了喜極而泣的淚水。大概是被她們同化了吧，我的胸口同樣升起一道熱切情感。

就在我們感動萬分之際，正想張開雙手擁抱彼此時——

「不、不好意思……肇先生。」

突然有名陌生男子叫住肇先生。

回神一看才發現，我們身邊不知什麼時候出現了好幾名身穿和服的大人。他們身邊還跟著三名西裝打扮、和我們年紀相仿的男生。

只是不知為什麼，那三個男生全都露出一臉掃興的表情。

咦……？該不會他們就是……三姊妹的相親對象和他們的家人！

「那個……剛才的話我們全都聽見了……令千金似乎對這門婚事不太感興趣……」

那名男子帶著尷尬的假笑，十分婉轉地說道。

「抱歉……呃……肇先生？」

「啊……是的……」

「如果強行談定這門婚事，恐怕只會導致神宮寺家失和。很可能都還沒結成親家，兩家的關係便因此惡化……真的很抱歉，請容我們取消這次的相親……」

面對如此事態，對方一行人沒有生氣。

非旦如此，反而還體貼地主動提議。

既然對方都那麼說了，肇先生也莫可奈何。

「好、好的……我才是感到非常抱歉……」

肇先生說完，相親對象的三個家族分別客氣地點頭致意。

之後對方一行人離開了飯店。

「咦…………？」

我呆若木雞地目送他們的背影。

也就是說……婚事……告吹了？

「…………唉，沒想到事情會演變成這樣……」

肇先生深深地嘆了口氣。

只見他愁容滿面地垂下頭。似乎是因為好不容易談好的婚事告吹，感到悵然若失的樣子。

然而下個瞬間——

「……呵呵。」

不知為什麼，肇先生露出一抹平靜和煦的笑容。

「雪音、月乃，還有花鈴。」

忽然，他語氣嚴肅地呼喚女兒們的名字。

完全無法理解眼前事態的三姊妹，各個一臉驚訝地看著父親。

「老實說，爸爸真的嚇了一跳……妳們居然會那麼強烈地反抗，這還是有史以來頭一遭……不過，我已經明白妳們的心情了。妳們想依自己的意志，選擇自己要走的道路對吧？」

接著，肇先生改以溫柔語氣對三姊妹說：

「真是不可思議呢……婚事告吹了，最疼愛的女兒們也一起反抗我，最後甚至還被其他男人搶走了女兒。身為父親，我現在的心情簡直氣到都快哭出來了……不過，同時也感到很欣慰。總覺得見證到了妳們的成長似的……」

出乎意料的一番話，令三姊妹皆屏息凝氣。

「既然妳們都說到這個地步了，為人父母的也無法再說什麼……往後妳們就自由和喜歡的人交往、結婚吧！」

「「「咦……？」」」

三姊妹異口同聲地發出驚呼。肇先生又繼續對她們說道：

「我不會再阻撓妳們。妳們不必顧慮家裡的事，憑自己的力量好好捉住幸福吧！」

那番話裡，依稀可以窺見他身為父親為三姊妹著想的複雜思緒。

儘管疼惜女兒，自己卻不被允許插手她們的事。可以感受到他在咀嚼這道矛盾的同時依然祈求她們幸福，屬於肇先生的溫柔。

「另外——一条天真同學。」

「是、是……！」

肇先生再度轉頭看向我。

接著他以富含情感的聲音說：

「我…………絕對不會原諒你啊啊啊啊啊啊啊啊！」

「咦咦咦咦咦咦咦咦咦咦咦咦咦咦咦咦！」

唔哇，肇先生露出真面目了！他的憤怒值都破表了！

「我精心安排好的婚事，最後全被你搞砸了！不可原諒！可惡至極！我這輩子都會追著你報仇啦啊啊啊啊啊啊啊啊啊啊啊啊啊啊啊！」

好可怕好可怕好可怕！這人太可怕了！簡直就像猛獸一樣！

「嘎咿咿咿咿咿咿咿咿咿咿！我會永遠記得這份屈辱唔噢噢噢噢噢噢！接下來會好好回報你啦啊啊啊啊啊啊啊！」

「請您冷靜一點，肇先生！真的好可怕！救命啊！」

「作為神宮寺家的長男，你就乖乖接受我地獄級的嚴格教育吧啊啊啊啊啊啊啊啊啊啊啊啊！」

「咦……？」

最後的這句話，讓我忍不住發出一聲錯愕。

「有什麼好驚訝的？是你自己說過的吧！『我是她們的丈夫！我才不會把自己的妻子交給任何人！』」

我剛才的確這麼說過。不過有一半只是一時衝動的發言。

「敢破壞今天的相親，就請你為自己的發言負起責任！往後我會把你當成神宮寺家的繼承人，重新澈底鍛鍊你啦啊啊啊啊啊啊啊！」

意、意思是……他願意接納我進神宮寺家……？正式認可我成為他的女婿嗎……？

「也就是說……我以後也能繼續和她們一起生活嗎……？」

「說什麼蠢話！這是當然了！丈夫不和妻子住一起怎麼行！」

肇先生怒目橫眉地吼斥：

「身為一家人，我也會替你還清債務。不過，你可要做好覺悟！我的指導可是比地獄惡鬼都還要更加嚴厲喔！想跟我女兒在一起，就好好向我展現你的決心吧啊啊啊啊啊啊啊啊啊！」

肇先生的咆哮聲撼動了整間飯店的空氣。

「啊……是！謝謝您！」

我深深低下頭。同時由衷感謝肇先生真心為了女兒們的幸福著想的那份心意。

「呼……呼……！哼……明白就好……那麼，我差不多該回去了……接下來還有工作要處理！」

肇先生反覆幾次深呼吸，重新恢復平時的冷靜，接著獨自走向飯店門口。

「等一下！爸爸！」

三姊妹同時開口叫住他。

「爸爸……謝謝你那麼替我們著想！」

「花鈴和姊姊們一定會好好握住幸福！」

「總有一天，我們一定會全力撐起這個家！」

她們眼中盈滿淚水地向肇先生發誓。

「……呵呵。」

聽見三姊妹的話後，肇先生的嘴角泛開一抹笑意。

而後……

「一条天真……我女兒們就拜託你了。」

他語重心長地說道，將三姊妹託付給我。

※

肇先生離開後——

我們一行人轉移陣地，來到飯店的庭院。

優美的庭院裡沒有其他人在，就只有繽紛綻放的季節花卉。

在那裡——我五體投地地磕頭下跪。

「真的非常抱歉————！」

我為之前對她們造成的傷害，誠心誠意地道歉。

「呃……天真學弟。你不必那麼抱歉。」

雪音小姐體貼地溫柔安慰我。

「就是呀、就是呀。我們確實非常沮喪消沉，但你向我們下跪，我們反而感到很傷腦筋。」

「再說，剛才真的多虧有學長在。想不到學長居然特地為了花鈴和姊姊們趕來。」

她們三個人似乎都因為能夠推掉相親而鬆了一口氣。

不久前臉上布滿的陰鬱愁雲早已消失無蹤，換回平時的表情。

「話說……剛才真的嚇了一跳。冷不防地朝我們衝過來，我還以為要被襲擊了。」

「抱、抱歉……我那時候真的豁出去了……」

只要想到月乃她們很可能已經和相親對象見面，我便感到坐立難安……所以一發現月乃她們的身影時，我才會忍不住放聲大喊。

「不過……我真的很高興喔。天真學弟居然那麼拚命地說服爸爸。這就表示天真學弟真的非常認真看待我們三姊妹的心意吧？」

雪音小姐溫柔婉約的神情，稍微緩和了我的罪惡感。

「是的……我已經想通了。對妳們而言的幸福，是無法透過相親獲得的。然而，我卻擅自替妳們決定什麼才是幸福，並且因此拒絕妳們的心意……對此，我真的感到非常抱歉！」

我自以為可以藉此多少彌補自己的罪過，再次俯下身瞌頭道歉。

「天真學長……你快把頭抬起來吧。」

花鈴伸手搭在我的肩上。

「不必擔心，花鈴和姊姊們已經沒事了。我們並沒有生氣，也沒有因此而受傷。只不過……」

「只不過……？」

「我們可以原諒你。相對地，希望你能清楚做出回答，關於我們的告白……」

花鈴的話，讓我的心臟差點炸裂般地重重一顫。

「學長剛才說『我是她們的丈夫』。雖然之前告白時，學長拒絕了我們……但今天這番話裡蘊藏的情感，才是學長真正的心意吧？」

沒錯。我之前拒絕了她們的告白，認為她們應該接受相親才對。

但其實我也很喜歡她們。

「可以聽到學長真正的心意，是我們掌握幸福的第一步。不管最後會迎來什麼樣的結果……所以，能不能再次請學長說清楚，我們三姊妹當中你究竟最喜歡誰？請告訴我們天真學長真正的心意。」

花鈴如此說道，聲音裡透露出熱切的心意——想和我在一起這道由衷強烈的願望。

「知道學長同樣也喜歡我們三姊妹，花鈴真的很高興。不過……我們每個人都希望能成為學長最喜歡的那一個。」

「…………」

我站起身，再次筆直注視三姊妹的臉龐。我凝望著比任何人都更加體貼、溫柔的雪音小姐；表面上討厭男生，實際上卻只是生性害羞，十分具有魅力的月乃；以及賣萌撒嬌的身影格外惹人憐愛的花鈴。

她們三個人同樣眼神認真地看著我。

雙眸中同時染滿了期待與不安之色。即使明知可能會被拒絕，雙眸仍然絕不逃避地筆直凝望我。

感受到三人強烈的心意，我既是開心，又多少有些難為情。

正因為如此……我靜靜地開口說：

「抱歉……我無法做出選擇。」

三姊妹驚訝地瞪圓大眼。

「我果然無法只選出一人……因為對我來說，妳們三個都是我最重要的妻子……」

我……是真心誠意地同等喜歡她們三人。不管再怎麼努力思索，也無法定出排名。

而且，我也不想非得從她們三人當中選出一個人不可。

然而——三姊妹聽完我的回答後，各個眼神一沉。

「……學長是大笨蛋。」

唔……

「天真實在很遜耶……」

唔咕……

「天真學弟……真沒膽識呢。」

唔啊啊啊啊啊——！

居然就連雪音小姐都說得那麼毫不留情——！

「你幹嘛一臉受傷啦，笨蛋天真。會捱罵也是當然的吧？」

「剛才那種回答，再怎麼說都太不應該了～連我都有點生氣呢。」

「就是呀。這種關鍵時刻居然沒辦法直截了當地做出選擇，果然不愧是TENGA學長！」

「可、可是，我有什麼辦法嘛！因為我真的很喜歡妳們每一個人！要我怎麼只選一個！我反而很想和妳們每個人都交往！」

總覺得自己似乎一股作氣喊出非常羞恥，而且非常差勁的發言。

可是，這正是我此時此刻真正的心情！是花鈴她們想要問我的真正心意！

「不過……就某方面來說，這或許很像天真的作風。這種遜到掉渣的回答方式。」

「什……！妳那句話是什麼意思？」

「因為至今為止，不管我們姊妹再怎麼色誘你，逼你陪我們玩色色PLAY，你始終堅持不對我們出手吧？完全就是個遜咖男嘛。」

「唔咕……！」

那、那是因為……畢竟和肇先生訂有合約，當然不可能對三姊妹出手……絕對不是因為我太遜……！

「學長的確意外地超遜的。就算花鈴在他面前脫光光，也完全不會襲擊我。」

「我懂、我懂。即使接受我的色色服侍，天真學弟也是一副興致缺缺的樣子～」

三姊妹彼此對我的遜咖表現深有同感，和樂融融地聊了起來。

喂，妳們給我等一下。不要打開奇怪的話匣子啦！

也是啦……我剛才那種回答，會被批得體無完膚也是正常的吧……

「不過……事到如今，也只好接受了——這個遜咖又窩囊的學長。」

咦……？

「嗯……誰教我就是喜歡上這樣的天真。」

「我也最喜歡天真學弟這一點了。」

忽然，她們噙著恬靜適然的目光望向我。

而後——

「我就接受你的回答吧。今後也請多多指教了，『老公』。」

「我們要永遠在一起喔……親……『親愛的』……」

「大家一起回家吧！『達令』！」

三姊妹改變對我的稱呼，語調輕快地說。這三種稱呼方式分別詮釋出她們三人的心意——願意包容我的窩囊回答，和我共度人生的心意。

「妳們……」

她們接受我了。這份喜悅讓我的心臟雀躍得怦通狂跳。

……這下，我總算成功奪回我和三姊妹至今為止的日常生活。

三姊妹笑容滿面地看著我，我也跟著自然而然地流露出笑容。

「謝謝妳們……我最喜歡大家了。」

接著，我再次說出自己的心意。

尾聲

嗶嗶嗶嗶嗶——嗶嗶嗶嗶嗶——

「唔……好難受……」

鬧鐘的電子鈴聲喚醒了我的意識。

看向時鐘，時針正好指在早上七點整，然後今天是九月一日。

今天是暑假開學的第一天，又得開始去上學了，心情因此感到格外沉重。

即使暑假結束、開學了，這個時期的天氣也應該還是會持續炎熱難奈吧。縱使是非常擅長念書的我，還是會完全失去上學的動力。

話說今天好像特別熱耶……就好像有人和我睡在同一張床上似的聚滿熱氣——

「呼……呼……天真學弟……」

…………嗯？

一陣煽情惹火的聲音迴蕩在耳際。

我覺得不可思議，轉頭確認我的左側。定睛一看——

「主人的棉被好舒服喔……害我都蠢蠢欲動起來了……」

只穿著內衣褲，還把自己綁成龜甲縛的雪音小姐鑽在我的被窩裡。

「呃，妳在做什麼——！」

「啊嗯……主人，您醒啦。早安♪」

雪音小姐雙頰泛著紅暈，露出一臉淫靡笑容地說道。

「現在不是說早安的時候吧！妳一大清早的在做什麼啦！」

「當然是侍奉PLAY呀？身為奴隸的我，以一身色色的打扮來陪睡嘍！」

嗯……一如往常的PLAY。一如往常地不知她腦子到底在想什麼。

「滿足主人的色色慾望，也是身為奴隸的職責嘛！還是說，光只是陪睡還不夠呢？既然如此，您可以對我的身體為所欲為喔！」

「我才不會那麼做！再說我也沒有要求妳陪睡！」

「主人完全不必客氣喔？來吧，主人！請大肆凌虐我這個被虐狂奴隸的身體吧！盡情羞辱我吧！」

「不要一個人越講越起勁啦——！」

儘管至今為止已經中過這招無數次，果然還是習慣不了……一覺醒來，身邊突然多一個只穿內衣褲的少女，會害我的心臟因為驚訝和興奮而停止……

「別再鬼扯了，快點離開我的床！我也差不多要起床了！」

「咦～？繼續維持這樣不行嗎？就憑我和天真學弟的關係……」

雪音小姐像是鬧脾氣似的向我露出悲傷的眼神。

那個表情讓我有一瞬間退縮。

「我想多和天真學弟培養一下感情……畢竟難得可以一起住嘛……」

「就、就算是那樣，這身打扮也太不妙了！至少穿好衣服再來啦！」

內衣褲加上龜甲縛，胸部還因為繩子的纏繞而大大凸顯出存在感。雪音小姐原本就已經夠雄偉傲人的胸部，此時更加飽滿而賁張。

而且那對胸部從剛才開始就一直抵在我的手臂上。豐滿柔軟的胸部一壓便會回彈的彈力，攻擊著我的理性……！

「放心吧、放心吧♪有人比我還更加火辣呢♪」

「啥……？」

簡直莫名其妙，我不由得一陣愕然。

此時……

「嗯～……什麼事……？好吵喔……」

「咦……？」

身邊再次傳來其他聲音。我立刻將臉轉向右側。

全裸的花鈴正躺在我的被窩裡。

「啊……學長，你起床啦～？」

花鈴就如同字面所示地一絲不掛。她連內衣褲都沒穿，露出可愛隆起的小巧胸部正面對著我。

「等等，為什麼連妳也在啦————！」

這兩人究竟是什麼時候偷偷鑽進來的！難怪會覺得熱！畢竟多了兩個人一起擠在床上嘛！

「嘿嘿嘿～因為一個人睡太寂寞了，等回過神時，就已經過來找學長陪我睡了♪」

「『就已經過來找學長陪我睡了♪』個頭啦！話說為什麼要全裸啊？至少穿上衣服再來啦！」

「因為穿著衣服一起睡，實在太熱了嘛！」

既然嫌熱，就滾出我的被窩啦。拜託讓我一個人睡就好。

「而且，花鈴就是想讓學長看到我羞羞臉的裸體呀……♪」

無庸置疑，這個絕對才是最主要的理由吧。

「啊嗯……在學長的被窩全裸真是太舒服了……！學長……請用色色的眼光好好欣

賞花鈴的小咪咪和小屁屁吧……♪」

「喂，別鬧了！不要興奮起來啦！還有立刻穿上衣服！」

「才不要♪我要用裸體誘惑學長♪」

花鈴露出燦爛無比的笑容。真受不了她，乾脆拿瞬間膠把衣服黏在她身上算了……

「花鈴，妳還好嗎？再怎麼說，全裸都會著涼吧？」

「啊，雪音姊，放心吧～！有學長的體溫溫暖我！」

「啥——？」

花鈴全身赤裸地抱住我。

「啊，我也要一起抱～」

雪音小姐也跟著湊熱鬧，同樣用力抱緊我。

我躺在被窩裡，就這麼被雪音小姐和花鈴左右夾攻地抱住。

「喂，妳們兩個！快點放手啦！不要用那身打扮黏過來！而且很熱耶！」

「花鈴覺得剛剛好呀～？全裸的話，肚子會著涼嘛～」

「我也是。只穿內衣褲的話，果然有點冷呢～」

這兩人居然一起向我發動色色行為！而且竟然聯手出擊！

必須立刻採取因應對策才行……

正當我這麼想的瞬間，房門突然被打了開來。

「天真——你差不多該起床了吧？今天可是開學——呃，咦……？」

走進房裡的月乃當場僵住。

因為她正目睹到床上緊緊抱成一團的我們。

「等……！你們在做什麼———！」

月乃怒不可遏的尖叫聲響徹整間房內。

得、得救了……這下終於能從兩人的束縛中解脫了……

「妳們兩人一大早的在做什麼啊？我絕不允許這種事！」

月乃像是要掩飾羞恥心似的，朝著雪音小姐和花鈴大吼。

沒錯、沒錯。好好唸唸她們。叫她們以後別再這麼做了——

「如果要做，至少也邀我一起嘛！我絕不允許妳們背著我偷跑！」

「妳是在氣那個喔！」

月乃連忙鑽進我的被窩裡。如果是過去的她，很難想像會做出這種舉動。儘管是尺寸算起來非常大的彈簧床，這下也顯得擁擠起來。

「呼……呼……！因為我也想和天真一起睡覺呀……！」

而且月乃居然立刻就發情了！還露出一臉迷濛的表情。

「呵呵。天真學弟真是深受我們三姊妹所愛呢～」

「老實說，這一點我是很開心啦……不過拜託別用這種形式啦！」

再次和三姊妹一起生活以來已經過了好一陣子，而她們的變態行為也越來越過火。

三姊妹在互相揭露性癖之後，由於不必再彼此顧慮，於是便開始恣意妄為地向我發動色色行為。正因為不必再隱瞞，因此採取的PLAY也比以往更加大膽。

不僅如此，偶爾還會像現在這樣，三人一起對我發動變態行為，讓我無從招架。花鈴的裸露、雪音小姐的捆綁，以及月乃的發情。如果三人同時襲擊我，就算我再怎麼厲害也應付不了。

不過……其實我也要負起一部分的責任。

「學長有意見的話，那就先確實做出結論再說吧～」

花鈴抱著我不放，朝我露出一抹意味深遠的笑容。

「學長差不多做好決定了吧？我們三姊妹當中，你究竟要選誰？」

「唔……」

沒錯。

她們之所以會持續向我發動色色行為，並不僅僅是因為性癖，而是為了向我示愛。

正因為當時我無法從她們三人當中明確地選出一個人，因此修羅場戲碼現在依舊在神宮寺家熱烈上演中。

雖然那個時候三姊妹接受了我的答案，然而似乎無法安於現狀。每個人只要一找到機會就會誘惑我，只為了能成為我的最愛。三個人也已經不會再像之前一樣吵架，而是和樂融融地爭奪我。拜此所賜，我三不五時就會被捲入這種集體色色的行為之中。

雖說一切都是我咎由自取，但果然很吃不消……

「如果同時被三個人誘惑很吃不消，那差不多也該下決定心選擇花鈴一人了吧？」

「才不是。主人要選擇的人是我才對吧？」

「天真的最愛一定是我……！呼……呼……！」

「不不不！妳們都給我等一下！」

我拚命阻止追著我要答案的三姊妹。

「我之前也說過了吧！我無法從妳們三人當中選出一人！對我來說，妳們三姊妹都是我非常重要的新娘！我沒辦法只選定一個人！」

為了平息修羅場，我再次表達自己的心意。

然而，她們並不打算罷手。

「既然如此……我就來幫你一把，讓你下定決心做出選擇！」

月乃突然推開花鈴和雪音小姐騎到我身上。

「月、月乃！」

「來吧，天真……和我一起做色色的事……？把生米煮成熟飯吧……？」

月乃坐在我的下腹部一帶，挑逗又煽情地擺動起腰肢。她柔軟的軀體在我身上施加恰到好處的體重，跨坐在身上的觸感相當舒服。從小熱褲伸出的大腿，無比眩目地映入我的視野。

「啊——！月乃姊好奸詐！那裡是花鈴的位置耶！」

「才不是！天真學弟的童貞是屬於我的！」

「不，那種事根本還沒有決定吧！為什麼妳們兩人會跳出來主張所有權啊！」

動彈不得的我，只能藉由吐槽表達最卑微的抵抗。

可是她們三人對我的話完全充耳不聞。

「妳們兩個！既然僵持不下，就由身為長女的我和天真學弟交往吧！」

「休想得逞，雪音姊！因為學長是花鈴的戀人呀！」

「天真身邊的位置，我絕對不會拱手讓人……！」

她們各個就像是在守護什麼重要寶物一般，緊緊抱住我的身體。

然後彼此互不相讓，修羅場的戰火也越演越烈。

——看來我往後都得過著這樣的日常生活吧。有點色色……不，是非常好色的三姊妹圍繞在身邊的日常生活。

這樣的生活熱鬧非凡，同時也多災多難。不過——對我而言，果然是段樂趣無窮、無可取代的美好時光。

我無法從她們三人當中選出一人。不過相對地，我一定會同時讓三姊妹都得到幸福，永遠竭盡所能地深愛她們每一個人。

接下來的人生中，或許會有人不認同這樣的選擇。不過，我一點也不在乎。因為這就是我——也是我們選擇的幸福。

「天真……快點襲擊我吧？」

「學長！和花鈴做色色的事吧！」

「主人！請大肆調教我吧！」

「啊啊，真是夠了！妳們都給我適可而止一點啦——————！」

我對著完全點燃慾火的三姊妹發出靈魂的怒吼。

同時拚命壓抑嘴角就快失守的笑意。

後記

大家好，我是作者浅岡旭。

從開始動筆到現在正好滿一年的《就算是有點色色的三姊妹》系列，就在本集第四集劃下可喜可賀的句點。

真的非常感謝大家一路看著本系列直到最後。儘管歷經了無數苦惱，多虧有大家的支持，我才得以堅持寫完結局，內心的感謝無以復加。

話說這一年來，我對於色色女孩們的妄想一直不斷地壯大再壯大……寫成文字來看，我完全就像個危險人物。總之，這部系列我真的寫得非常愉快。大概是因為三姊妹在我心中，同樣都是相當具有魅力的人物吧。

話說回來，不知道大家最喜歡本作當中的哪位角色呢？「我喜歡雪音」、「還是月乃比較好」、「花鈴好可愛」，非常榮幸收到來自讀者們的各種意見。順道一提，我個

人最喜歡的是花鈴和葵。小么妹最棒了！

如今重新回顧一下，這部作品自始至終就只是變態的人做著變態的事。又是脫內褲、又是服侍，還有發情逼人摸胸部……也由於淨是這種內容，所以我還記得當時在寫的時候，為了避免三姊妹做出明顯出局的ＰＬＡＹ，或是不小心跨過最後底線發展成十八禁的劇情，讓我煞費了不少苦心。不，現在來看，大概也一樣非常不ＯＫ吧……

話又說回來，其實我原本是完全寫不出色色場景的人。在我出道以前，還只是個抱有作家夢的凡人時，當然也寫過好幾篇長篇戀愛喜劇；但舉凡是不小心偷瞄到內褲或內褲外露，抑或是意外襲胸的場面……也就是所謂的福利場面，我一個也沒寫過。

理由就只是……實在太過羞恥了。例如在浴室撞見一絲不掛的女孩子，還有跌倒時不小心順勢把臉埋進裙子裡，或是順手把內褲扯下來之類的色色場面，寫起來真的非常羞恥。無論如何都會忍不住感到害羞，所以過去的作品當中就連一件內褲都看不到。

更進一步來說，如果以那種鹹溼系的戀愛喜劇出道，就代表自己妄想的色色場面將會被朋友、編輯以及各位讀者看光光。

那根本等於是向日本全國百姓昭告自己的性癖啊！我絕對無法忍受這種精神凌遲！性癖應該是最高機密的個人資訊吧？瘋了才會把這種事昭告天下！

所以我暗自下定決心，「雖然都是戀愛喜劇，但自己可以寫些就算沒有色色場面也無妨的作品！」、「自己乾脆就來寫沒有鹹溼情節的純情作品吧！」。於是我以清水向戀愛喜劇作家為目標，開始踏上作家之路。

然而……如今卻是這副德性。

現在的我寫變態場景寫得很起勁……「月乃的發情場面好有趣——！」、「雪音的巨乳服侍太對味了——！」、「花鈴的脫衣場面寫得超順的——！」。邊想邊寫，嗨得不得了。

自己為什麼會變成這樣呢？過去那個純情的自己究竟上哪兒去了？不過，我一點也不後悔。

反而很慶幸自己選擇了這條路。自己想出來的色色美少女，可以搭配アルデヒド大人的插圖來閱讀，真的是件無比幸福的事。

說到插圖，目前正在《月刊COMIC ALIVE》連載中的本部作品漫畫版，將在這個月發行第四集喔（註：此為日本當地的發售狀況）！

希望還沒看過的朋友，可以趁這個機會支持一下！務必感受一下鹿もみじ老師筆下色氣絕倫的可愛三姊妹！

正是基於想寫色色三姊妹的私心而開始執筆的這部作品，在寫作的過程中，也讓我注意到三姊妹們除了變態本性之外的另一種魅力。

為了戰勝發情癖而不斷努力的月乃；夢想著透過暴露狂漫畫向普羅大眾傳遞幸福的花鈴；以及過去為了妹妹們拚命過頭，萌生出被虐狂性癖的雪音。

隨著劇情的發展，也發現了她們不為人知的另一面。

另外還發現到一點就是，三姊妹每個人都有著與性癖有關的問題。月乃當然就不用說了，就連乍看之下十分樂於頌揚色情的花鈴和雪音，同樣也不例外。

無論是討厭好色的自己；或是因為性癖而對兩位姊姊抱有自卑感；抑或是由於身為長女，常常操勞過度而加速性癖的惡化……三個人都各自有著不同的問題。

只是她們的這些問題，甚至就連對最親暱的姊妹們都無法坦白，也不曾互相商量性癖的事。

這都是因為扎根於她們內心的姊妹情深。

月乃很怕自己色色的一面曝光後，會被其他兩人討厭；花鈴則是不想被最喜歡的兩位姊姊看見自己的缺點；至於雪音則擔心萬一被人知道自己其實是個變態時，可能會給心愛的妹妹們帶來麻煩。

正因為三個人都非常喜歡彼此，才會獨自將祕密深藏於心底。

對我來說，這樣的她們都是非常了不起的好女孩。並不單單只是變態，而是內心堅強、善良，充滿手足情誼，魅力無窮的少女們。

如果各位讀者對於三姊妹的看法也和我一樣，那真的是我無上的榮幸。

至於主角天真的人設，我自認為也很成功，正直且溫柔，非常適合三姊妹。

天真一直竭盡所能地支持著各自懷抱不同煩惱的三姊妹，即使被擁有棘手性癖的三姊妹耍得團團轉依舊奮不顧身，甚至不惜賭上人生也要守護她們到底。

可以一直陪伴在三姊妹身邊的人選，一定非他莫屬吧。

像這樣一邊天南地北地思考著天真與三姊妹的事，一邊鋪陳劇情的時光，真的非常愉快。

一思及此，不禁覺得迎接完結篇實在有點落寞呢。不過，我相信天真他們接下來一定也會在我不知道的地方繼續過著夫妻生活。

身為作者的我，由衷祈禱他們的生活可以永遠圓圓滿滿地持續下去。

如此這般，原本後記寫到這裡，差不多該來收尾了……然而這次還要繼續寫下去。
總覺得這一集的後記頁數非常多。似乎因為是最後一集了，所以才會特別大放送。
因此，還請各位再稍微陪我聊一下吧。既然難得有機會，我就來說說創作這部作品時發生的小插曲……

其實在寫作三姊妹系列的期間，有件事困擾了我非常久。
總歸一句話就是……噪音。
我家旁邊有間小公司，從我小時候就已經存在，而就在三姊妹的企畫開跑前不久，那間公司也正好展開拆除工程。
那真的是地獄級的魔音傳腦啊！
我當然也明白這是無可奈何的事。畢竟是工程嘛，有噪音也是在所難免的事情，我並不打算抱怨什麼。
只是，果然還是很想一吐為快。
由於那棟建築物有三層樓高，得出動大型機具進行破壞，那個噪音真的很不得了。

而且還是從早上八點，一直砰咚砰咚地吵到下午五點。

另外就是震動，同樣也很驚人。每當搭載大型吊臂的重型機械發出巨大聲響破壞建築物時，家裡就會搖晃。時不時會感覺到震度大約一到二級的搖動。

我有時候會一整天窩在家裡推敲大綱，或是寫作本文，可是在這種情況下實在很難專心。

此外，因為建築物拆除而頓失居所的害蟲，開始往鄰近住家流竄，其中也包含我家，簡直是苦不堪言。

尤其是在寫三姊妹第一集時，設定上得做許多修正。這段期間我真的是咬牙苦撐著工作。

好在這類工程都不會持續太久。差不多在寫第二集時，會發出噪音的工程就已經順利結束了。

啊～總算結束了。這下就能悠悠哉哉地寫作了。我不由得大大鬆了一口氣。

就在此時，家裡的門鈴響起。對方看起來應該是建築公司的人。

『從〇月開始，隔壁建地將要開始進行公寓大樓的建築工程，因此今天特地來知會您一聲。』

不，又有工程要施工嗎————！

又得繼續忍受噪音嗎————————！

結果，大概在我開始著手寫第三集的時候，隔壁原本的舊房子開始動工拆除，而到了第四集的時候，則是接著進行公寓大樓的地基工程。

而且這段期間內，先是我家附近開始興建一棟分租公寓，緊接著換成馬路對面的房子在進行拆除工程，另外還有各式各樣的工程在施工……

這個地區的都更腳步還真是馬不停蹄。

總之，我便是一邊對抗噪音，一邊寫完了三姊妹系列。

就在我吐苦水時，頁數不知不覺間已經所剩無幾。

以下則是謝詞的部分。

責編S大人，非常感謝您從本系列的構思階段一直到最後一集，始終不離不棄地陪我一起燃燒腦汁。要是沒有責編大人的鼎力相助，我也不可能著手創作這部作品，在此深深向您致謝。

負責插圖的アルデヒド大人，謝謝您此次也提供了美妙的插圖。您筆下三姊妹的可愛色氣度遠遠超乎了我的想像，每次都非常期待收到您的草圖。這集彩頁的月乃等人，真是無敵可口又可人！

擔任漫畫版執筆的鹿もみじ大人，以及《月刊COMIC ALIVE》的相關人士，非常感謝各位把本部作品改編成漫畫！漫畫版裡的三姊妹同樣也是充滿色氣又可愛，每次看到分鏡稿時，都覺得好幸福。

另外也在此由衷地感謝所有參與本書製作的各方大德。

當然最要感謝的還是一路上一直支持著本作的每位讀者。

正如前面所說的，本部作品之所以可以順利完結，都是承蒙大家的支持。千言萬語也無法訴盡感謝。真的真的真的非常謝謝各位。

雖然三姊妹系列已經完結了，不過我後面寫了幾篇描寫三姊妹每個人日常生活的小短篇，算是本篇故事的日後談。最後就以此向大家道別，希望大家會喜歡。

那麼期待近期能在新作品中與各位再相會。

二〇二〇年四年某日　浅岡旭

之後的日常 ～花鈴篇～

某天我待在房間讀書時，房門突然被人打開。

我嚇了一跳地回過頭，眼前出現的是一臉認真的花鈴。

她氣勢如虹地大步走進房內，來到我的面前。

「天真學長！我有話跟你說！」

「什、什麼事……？妳突然這是怎樣……？」

「請送花鈴結婚戒指！」

我豎起神經提防，想說她究竟想幹嘛，卻聽到沒頭沒腦的發言。

「結、結婚戒指……？」

「是的！學長和花鈴不是正以夫妻身分一起同居嗎？所以，我想要結婚戒指！」

「不，等等，等一下……我們又不是真的結婚吧……話說回來，妳為什麼突然說起這個……？」

「因為學長之前不是有送禮物給雪音姊嗎？就是那條貓咪項鍊呀！」

「啊——……我是有送她啦……」

「只有送姊姊一個人項鍊實在太不公平了！花鈴也想收到天真學長送的禮物！」

也就是說，花鈴是在嫉妒雪音小姐吧……？

話說回來，她這樣也太突然了……再說為什麼指定要結婚戒指……？

「而且……如果有了結婚戒指，就等於比姊姊她們高了一階呀……」

啊，這才是最大的理由吧。她左思右想著如何在修羅場中取得有利地位，最後想出的方法就是向我要戒指，藉此展現出她才是得到認可的對象。

「總之，請送花鈴結婚戒指！相對地，花鈴也有準備禮物！」

「咦……？送我的嗎……？」

「當然呀！如果只收不送，花鈴的良心會過意不去！」

花鈴把手上的袋子遞給我。

我好奇著會是什麼，拿出袋子裡裝的物品。那是好幾本厚厚的書刊。

《赤裸少女～暴露少女與色色的放學後》

《聽說班上的魚干女其實是個好色心機婊》

《催眠班級！每天全員大混戰》

「全部都是色情書刊嘛啊啊啊啊啊啊！」

我忍不住把書用力扔在地上。

「是的！這是花鈴精心挑選的色情書刊前三名傑作！學長請盡情閱讀！」

「我才不會讀！算我拜託妳，給我把這些帶回去！」

我把色情漫畫連同紙袋一同塞還給一臉得意的花鈴。

「好吧，那我帶回去就是了；相對地，要給我結婚戒指喔！」

「那種交換條件也太不講理了！妳到底是多想要結婚戒指啊！為什麼那麼堅持？」

完全想不透花鈴的心情，我半是怒斥地詢問。

於是——只見花鈴垂下頭。

「因為……結婚戒指是所有女孩們的憧憬嘛……」

花鈴隱約散發出淡淡的哀傷，吐露出自己的心聲。

「可以收到戒指，就表示對方是真的非常深愛自己呀。所以，花鈴也想真實體會被愛的感覺。」

「花鈴……」

「不過說是戒指，也只要送我玩具戒指就夠了……因為，花鈴只是想從學長手中收到夫妻的證明……」

花鈴神色悲切地注視我的眼睛。

「……！」

聽完她的話，我不禁好想回應她的心情……可是，臨時跟我說，我要上哪生出戒指給她……？

正當我大感苦惱時，花鈴口氣沉重地說：

「所以，花鈴無論如何都想要戒指……！如果學長拒絕的話……花鈴就在這裡脫光光喔？」

「喂，不要威脅我！話說，不要突然把話題轉到色色的方面啦！」

「開始嘍，十……九……」

「喂，等等、等等！別開始倒數啦！戒指又不是立刻想要就有的！」

「二……一……時間到，喝啊——！」

花鈴跳過了大半數字，接著一把脫掉身上的迷你裙。

「討厭啦……真拿學長沒辦法呢。你就那麼想看花鈴的裸體嗎？」

「不，明明只是妳自己想脫吧！話說裙子底下根本沒穿內褲嘛！」

拉下裙子後，花鈴的下半身完全裸露出來。由於早就習已為常，因此我在第一時間成功移開了視線，只是這孩子的危險指數根本和核彈一樣。

「快點穿好裙子啦！而且妳好歹也穿上內褲吧！」

「如果希望我好好穿上內褲，就請學長答應送花鈴戒指吧！那樣的話，我就答應你的要求！」

「下半身一絲不掛的傢伙，到底憑什麼那樣高高在上啦！真是夠了……既然如此，我也只好使出最終手段！」

我打開自己的衣櫥，拿出一件沒穿過的內褲。

接著我單手拿著內褲，把花鈴推倒在床上。

「呀啊！學長想做什麼？」

「既然妳不打算穿，我只好暴力逼妳穿上！好了！做好覺悟吧！」

「咦咦咦咦？學長，你是認真的嗎？——噫呀唔嗯！」

我壓住嚇得本能想要抵抗的花鈴。

接著，我硬是把內褲套過花鈴的雙腿，確確實實地替她穿好。

「嗚嗚嗚……學長實在太大膽了……居然硬逼花鈴穿上你的內褲……啊，可是總覺得有點興奮呢……！這就是所謂『男友襯衫』的感覺啊……」

「喂，別鬧了！不要一臉迷濛啦！而且，這件內褲並不是我的！」

「咦……？」

沒錯。我替花鈴穿上的，是一件帶有水藍色可愛設計、沒穿過的全新女性內褲。

「咦、咦……？為什麼學長會有女性內褲……？」

「…………」

面對花鈴的質疑，我一時語塞。

不過要是這麼繼續沉默下去，我一定會被當成是偷藏女性內褲的變態。

為了避免橫生誤會，我百般無奈地說：

「花鈴妳……只要一有機會，就會立刻脫掉內褲吧……？所以我想說，如果是我送的，妳應該就會乖乖穿著吧……」

「咦……？也就是說……這是學長要送我的禮物……？」

我一語不發地點頭回應花鈴的問題。

隨即——花鈴炸了開來。

「耶————！太好了————！收到學長的禮物了————！」

花鈴高聲歡呼，穿著一條內褲在房間裡又跑又跳。

「這是學長第一次送我禮物——！啊啊，花鈴開心得快要死掉了！」

一方面也是因為嫉妒雪音小姐吧，收到我送的禮物讓花鈴欣喜若狂——儘管那並不是結婚戒指。

真是的……原本打算挑個更好的時機送她。

不過算了。真的在燈光美、氣氛佳的時機送人內褲也很奇怪。

「學長，謝謝你！這就是學長和花鈴的結婚內褲吧！」

「呃，那是什麼奇葩概念？第一次聽到喔！」

「只要有了這個，就不需要戒指了！真的非常謝謝學長！」

算了，只要她能開心就好……被當作是結婚內褲也無妨了……

「那麼花鈴這就去向姊姊們炫耀！學長和花鈴的結婚內褲！」

「咦？」

「去向大家展示一下花鈴可愛又性感的內褲！呼呼……」

「喂，別鬧了，花鈴！不要用在暴露ＰＬＡＹ啦——！」

大感興奮的花鈴，連裙子都沒穿便跑出我的房間。

我急急忙忙地追上激動過頭的她。

之後的日常 ～雪音篇～

「吶，天真學弟。新婚之夜還在什麼時候比較好呢？」

我和雪音小姐一起張羅晚餐時，她沒頭沒腦地這麼問我。

「啥……？」

我一時之間對於她的問題反應不過來，只能回給她一臉呆愣的表情。

「咦……？那個……新婚之夜是指……？」

「咦？天真學弟不知道嗎？所謂的新婚之夜呀～就是結婚之後，兩人共同迎接的第一個夜晚，一般都會在那個晚上愛愛——」

「不不不！這個我知道啦！妳不必特地詳細說明！」

我急忙打斷準備從頭到尾講解一遍的雪音小姐。

「我想問的是，為什麼突然跟我提這件事……」

「因為我們不是夫妻嗎？當然得好好珍惜這種重要活動呀。」

以我個人來說，這是我想要全力無視的活動……

「現在和之前不同，已經取得爸爸的認同，沒有必要再顧慮了喲？所以，讓我們大膽跨出下一步吧！」

「呃，確實似乎可以不必再管合約的事啦……」

不過初夜這種事，果然還是不能輕率地說做就做。

再說，三姊妹每個人我都喜歡，並沒有和特定的其中一人交往。我實在無法在這種情況下，和某人有肌膚之親。

「重點是，我們都還只是高中生，做那種事不太好吧！」

「咦～會嗎？天真學弟喜歡我對吧？而我也很喜歡天真學弟。既然如此，那就沒關係了呀？」

當然有關係！這種敏感的問題，應該更謹慎思考才對。

「我可是為了迎接那一刻，事前做好了許多準備喔！你看——」

雪音小姐打開不知從哪兒拿出來的包包，接著翻出裡頭的物品。

包包裡裝著粗麻繩、手銬、腳鐐、眼罩、鞭子和蠟燭，另外還有電摩和跳蛋等，每種都像是她會有的東西。

「呃，這些邪惡的道具是什麼鬼啊！」

「是我的ＳＭ收藏品喔♪為了能隨時迎合你想玩的任何ＰＬＡＹ，所以平時就會放在枕頭邊。呼呼……！」

這個人究竟對於色色的事投注了多少熱情啊？性慾未免太突破天際了！

「吶，天真學弟……要不要趁現在來試一下？難得這時候只有我們兩人在，事先確認好道具，正式上場時才不用愁嘛……？」

「不，我才不會試！拜託妳快點把那些東西收好！」

「可是……我已經再也忍不住了……現在都慾火焚身了……」

雪音小姐吐露著紊亂而熾熱的粗喘，接著淚眼汪汪地望著我。

「拜託您，主人！用那條鞭子抽打我的胸部吧！」

雪音小姐如此呢喃，同時突然用力扯開身上的襯衫。用來保護豐滿胸部的可愛粉紅色胸罩隨之露了出來。雙峰因過於雄偉的分量而清楚地襯托出乳溝。

她收緊雙臂夾住袒露的的胸部，強調著胸罩底下呼之欲出的特大巨乳。胸部受到左右的夾擠，只能朝上下迸漲開來，看起來也更顯傲人。

「盡情凌虐我的身體吧！希望主人大肆拍打我羞羞臉的地方！」

「唔哇啊啊啊！別鬧了！我才沒興趣那麼做！」

「主人討厭胸部嗎？不然換成屁股吧！」

這回雪音小姐改為轉過身，將屁股撅向我。她穿著一件白色牛仔褲，底下的粉紅色

內褲清晰地透出來。

「並不是那個問題！而是ＰＬＡＹ本身我下不了手啊！」

「主人，求求您……！讓我成為女人吧！讓我成為您的女奴隸！」

「我才不要！不要提出奇怪的要求啦！」

我毅然回絕了她的變態請求。

雪音小姐聞言有點鬧脾氣地低下頭。

「嗚嗚……主人好壞……人家明明那麼期盼可以進一步接受主人的色色調教……想為主人提供色色的服侍……」

「所以我說那種事等我們長大一點再說啦！雪音小姐在那之前也好好忍耐吧！」

「咦……？」

雪音小姐倏然抬起頭。

「也就是說……等長大之後，你就會對我進行調教ＰＬＡＹ了？」

「啊……」

糟糕……剛才不小心說溜嘴了……！

「還有那句『雪音小姐也好好忍耐吧』……該不會，其實天真學弟也很想和我做愛？不過還是努力忍耐著？」

「啊啊啊啊！剛才只是我一時口誤！沒有特別的含意！」

為了避免引起誤會，這點必須明確否定清楚。

「不過，這種事確實不應該輕率去做啦！我的確很喜歡雪音小姐，因此更不能輕易和妳上床！因為我想更加珍惜雪音小姐……！」

就算真的要和雪音小姐做那檔事，我也不希望只是被慾望沖昏頭的縱慾ＰＬＡＹ。那麼做會違背我的信念。

「如果真的要做，也要等到仔細考慮清楚對方的事和將來的事之後再做。所以，無論雪音小姐怎麼拜託我，我也無法馬上答應妳。」

「啊……是嗎……說得也是……」

聽完我的話後，雪音小姐也點點頭。

「天真學弟……是真的非常認真地考慮我的事吧……我也必須好好思考天真學弟的事才行……」

她如此低聲輕喃，然後筆直地看著我。

「天真學弟……謝謝你。我也決定好好忍耐，先不去想愛愛的事。」

「真、真的嗎……？」

「嗯。天真學弟的一番話，讓我澈底醒悟了。」

太好了……雪音小姐總算明白我的苦心。這麼一來，她應該不會再隨便強迫我配合她的性癖了吧。

「再說……只要想成是等待ＰＬＡＹ，倒也別有一番興奮滋味！呼……呼……！被主人放置ＰＬＡＹ了……！」

「不，妳根本完全沒在忍耐嘛——！」

結果對她來說，任何事情都可以轉換成性奮快感。

就某種意義而言，被虐狂果然是最強的吧。我看著她，心底產生了這種確信。

之後的日常 ~月乃篇~

暑假結束後的開學第一天。

我和月乃一起走在平時走慣的路上，準備去上學。

順道一提，雪音小姐和花鈴沒有和我們一起。雪音小姐因為要處理學生會的事，花鈴則是輪到她當值日生，因此兩人已經先出門了。

「~♪~~♪」

「月乃……？妳怎麼了？一副喜出望外的模樣。」

我眼神滿是不解地望著正開心哼著歌的月乃。

聽見我的問話，月乃笑咪咪地看著我說：

「因為我是真的很開心嘛。難得可以和天真獨處呀。」

月乃的話讓我不由得呼吸漏了一拍。

這、這傢伙……這句心動臺詞也說得太出奇不意了吧……！

「也、也是……的確沒什麼兩人獨處的機會……」

為了不讓月乃發現我內心的動搖，我佯裝平靜地回答。

「對吧？沒錯吧？家裡有雪姊和花鈴在，在學校雖然同班，但也不太會一起行動。萬一被傳出什麼流言，實在太難為情了。」

「說得也是……我和月乃相處的時間，確實比雪音小姐和花鈴她們更少。因為之前妳一直躲著我嘛……」

「唔……！那件事我很抱歉……我也覺得自己很不應該……」

「不，我並不是在責備妳……只是覺得有點懷念。」

相較於那個時候，現在月乃的態度有了大幅轉變。回想起一開始的時候，根本無法想像月乃會對我露出這樣的笑容。

不過，畢竟因為有發情癖，無可奈何的成分更多一點……

「吶，天真……為什麼你也會喜歡上我呢？」

月乃冷不防停下腳步詢問我。

「咦……？怎麼突然說這個……？」

「因為……如同天真所說的，我至今為止不是一直躲著你嗎？仔細想想，我根本沒有做過任何會討你歡心的事……」

她眼神滿是不安地望著我。

「而且……我既不像雪姊那麼漂亮，也不像花鈴那麼可愛……對於色色的事又滿反感，很可能無法滿足天真……雖說如此，我也不想像之前一樣靠著發情癖助膽……」

「月乃……」

「即使如此，天真還是喜歡我嗎？如同喜歡雪姊和花鈴一樣……」

月乃聲音顫抖地問道。

或許是害怕確認我真正的心聲吧，她微微低下頭，從我臉上別開視線。

「…………」

我筆直地望著不安的月乃。

而後——

「我……永遠都會陪在月乃身邊。」

我將自己的心意，寄宿在簡短的話語之中。

「我喜歡妳。這份情感絕無虛假。」

在我看來，月乃遠比她自己所想的更加漂亮、可愛。

而且……三姊妹當中，就屬月乃最讓我感受到家人的溫暖。同時也從她身上強烈感受到身為新娘的溫暖。

之前葵走丟時，三姊妹抱住我、安慰我。那個時候，月乃明明有發情癖仍然奮不顧身地支持著我。那份溫暖至今依舊強烈地留在我心中。

她的溫柔讓我開心不已……不禁湧現出好想和她長相廝守的念頭。

我透過笨拙的言詞，向她傳達自己的這份心意。

「哦……是嗎……這樣啊……」

月乃聞言一臉淡然卻又幸福地點點頭。

接著她抬起頭，這次眼神不逃不避地看著我說：

「吶，天真……謝謝你。」

「應該道謝的是我才對。無法選擇要和妳們三人當中的誰交往，如此沒出息，妳卻仍然願意和我在一起。何況我根本配不上妳。」

「才沒那回事。天真比我出色多了。而且，我剛才並不只是謝謝你喜歡我。」

月乃停頓一下，稍微喘口氣。

接著，她用著和之前向我告白時相同的語氣說：

「——謝謝你遵守過去的約定。」

「咦……？」

過去的約定……？什麼意思……？

由於這句話實在太過唐突，我的腦袋陷入混亂。

「你不記得了嗎？我還以為只要說結婚證書的話，你就會知道了。」

「結、結婚證書……那是……難道──！」

腦海中浮現出一封信。很久以前，初戀少女寫給我的信。

「我的初戀對象是……月乃嗎……？」

對於我的問題，月乃只是小幅點點頭。

「你果然沒注意到啊？不過這也難怪了，因為我原本也完全沒意識到嘛。」

「騙、騙人……！妳是說真的嗎……？」

雖然曾經猜想過，有可能會是三姊妹的其中一人，但萬萬沒想到真的可以再和初戀對象重逢……

這麼說來，之前也曾聽月乃提起初戀對象的事。該不會，那個人就是我……！

「月乃是什麼時候發現的……？我是和妳訂下約定的人……」

「最近而已。大家一起去約會的隔天，我不是去了天真的房間嗎？就是那時候，我在你桌上看到的。那封我親手拿給初戀對象的信。」

這麼說來，前一天我從衣櫥拿出信後，好像就一直沒有收起來。因為注意到三姊妹的筆跡和那封信非常相像、一時太過震驚，結果就忘記收起來。

月乃就是在看到信後，注意到我就是她的意中人嗎？

「不過，其實我在更早之前，就已經隱約開始注意到了……例如你在校慶的校花選美中對我說的話，和很久以前我喜歡上你時你曾對我說的話一模一樣。所以，我才會意識到那個人就是你，想成為你真正的新娘……」

喂，等一下……也就是說，那條搜尋紀錄是月乃留下來的嗎！

真、真的假的……實在太讓人震驚了……我身體起雞皮疙瘩，胸口也逐漸開始發燙起來……

「嘿嘿嘿……如何？和初戀對象重逢的感想。」

月乃一臉愉悅地對著太過驚愕而完全說不出話的我投來一記笑容。

「該不會，你現在更加喜歡我了？既然如此，我可以好心跟你交往喔？」

她接著拋出得寸進尺的發言。雖然從她的口氣聽來，八成只是開玩笑罷了；但她的眼神中，隱約帶有些許期待之色。

然而……

「我、我……現在對妳們三姊妹，同樣喜歡得無以復加。這份心意無論如何都不會改變……」

的確，一直以來我始終對初戀對象念念不忘。可以像現在一樣再次重逢，我也是由衷地感到開心。

可是，初戀的少女終究已經是過去的回憶。如今我既然已經喜歡上三姊妹，就不應該被過去所束縛。

「這樣啊~真可惜。難得有機會可以搶先雪姊她們一步。」

語畢，月乃語氣故作刻意地懊悔嘆道。

接著，她換上開朗的語調說：

「不過……我或許有點高興吧。」

「咦……？」

「因為……這就表示天真喜歡的是現在的我呀。」

瞬間，我感受到一陣衝擊。

月乃有如飛撲一般緊緊抱住我的胸膛。

「天真……真的很謝謝你。還有，往後也請多多指教喔！」

她將雙臂繞到我的背後，用力地環抱我。

「…………！」

她溫暖而嬌小的軀體索求似的攀住我。

愛情、信任與安心感。

月乃對於我所抱持的萬千情感，全透過這個擁抱傳達給我。

——我想回應她的心意。

在這份情感的推波助瀾下，我的身體自然而然地動了起來。

接著，我一語不發地回抱月乃的身體。

「呼呼……天真……！現在立刻和我愛愛吧……？」

「不，妳給我趕快改掉性癖啦——————！」

完

這是妳與我的最後戰場，或是開創世界的聖戰 1~8 待續

作者：細音 啓　插畫：猫鍋蒼

至高魔女與最強劍士的舞會，
將迎來充斥著掌聲與歡呼聲的皇廳動盪篇最終幕！

魔女狩獵之夜的隔天，受到重創的皇廳被追究帝國軍襲擊事件的責任，並傳出女王聖別大典應當提前舉辦的呼聲。愛麗絲將營救希絲蓓爾的行動託付給伊思卡一行人；然而他們卻在爭奪戰舞臺星靈工學研究所「雪與太陽」遇上休朵拉家的女王候選人米潔曦比！

各 NT$200~240/HK$67~80

我喜歡的妹妹不是妹妹 1~7 待續

作者：惠比須清司　插畫：ぎん太郎

「你們應該沒有兄妹之外的可疑關係吧？」
就說取材別太積極，這下得嘗試偷偷來了!?

祐與涼花的校園生活正式開始，隨著小說進入高中篇，涼花取材也更加帶勁！然而這些努力活動的結果……害祐在校內被人家亂傳跟涼花有糟糕關係!?祐不願讓涼花被人講閒話，要涼花取材克制點——拜託，「隱密甜蜜蜜作戰」這行不通的啦！

各 **NT$220/HK$68~73**

終將成為神話的放學後戰爭 1~8 待續

Kadokawa Fantastic Novels

作者：なめこ印　插畫：よう太

賭上一切對抗吧，
這場戰鬥將成為嶄新神話的序曲！

神仙天華率領的「新生神話同盟」一邊蹂躪世界，同時為了獲得「唯一神」的權能，持續侵略教會的根據地梵蒂岡。在闖入梵蒂岡前夜，夏洛與布倫希爾德跟雷火的戀情開花結果，終於行周公之禮——但阻擋在他們面前的是教會的最強戰力！

各 **NT$220~250/HK$68~82**

不起眼女主角培育法 1~13、FD1~2、GS1~3、Memorial1~2

作者：丸戸史明　插畫：深崎暮人

不褪色的回憶集錦——
超人氣青春塗鴉的FAN BOOK再度登場！

完整收錄現已難以入手的短篇。此外還有讀了可以更深究劇場版樂趣的原作者訪談，再加上總導演／配音成員專訪，充實豐富的內容值得一讀，至於特別短篇則收錄了致使倫也向惠痛下決心的「blessing software」頭一筆商業接案！

各 **NT$180~220/HK$55~73**

約會大作戰DATE A BULLET 赤黑新章 1~7 待續

作者：東出祐一郎　原案・監修：橘公司　插畫：NOCO

狂三等人迎擊白女王的軍隊，
她們要如何救出變成敵人的響？

過去摯友的身影與白女王重疊。緋衣響被擄走。時崎狂三等人壓抑著內心五味雜陳的情緒，在第二領域迎擊白女王率領的軍隊。絕望的戰力差距導致狂三等人逐漸被逼入絕境。鄰界的命運交付在成為反派千金的狂三手上？好了——開始我們的決戰吧。

各 **NT$200~240/HK$67~80**

約會大作戰 1~22（完）

作者：橘公司　插畫：つなこ

戰爭將再次碰上故事起始的命運之日——
新世代男女青春紀事即將完結！

在精靈本應消失的世界出現一名神祕的精靈〈野獸〉。五河士道賭上性命，嘗試與對自己表現出執著的神祕少女對話。曾經身為精靈的少女們也為了實現士道的決心，毅然決然齊聚戰場。與精靈約會，使她迷戀上自己——這便是過往累積至今的一切。

各 **NT$200~260/HK$55~87**

普通攻擊是全體二連擊，這樣的媽媽你喜歡嗎？1~8 待續

作者：井中だちま　插畫：飯田ぽち。

真真子以偶像的力量拯救世界，
最愛你的媽媽會用滿滿的愛緊緊擁抱你！

　　真人一行人勇赴居於幕後操控四天王的首腦所等待的哈哈帝斯城，要勸突然宣言自己成為了四天王之一，並離開隊伍的波塔回歸正途。然後，為了化解這世界級的危機，真真子她——竟然與和乃跟梅迪媽媽組成了偶像團體！

各 **NT$220~240/HK$68~80**

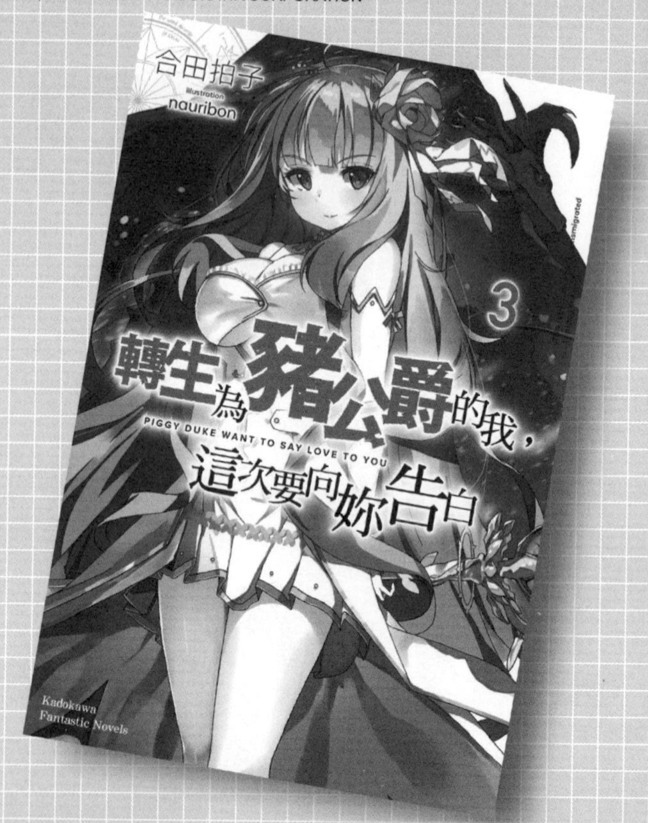

轉生為豬公爵的我，這次要向妳告白 1~3 待續

作者：合田拍子　插畫：nauribon

豬公爵為尋找龍的幼體探索迷宮！
傳說的黑龍卻趁機襲擊學園!?

達利斯下一代女王卡莉娜來訪讓學園為之沸騰，史洛接下照顧公主的職責，並與公主一起前往探索迷宮……此時傳說中的黑龍卻趁機襲擊學園。面對強大的怪物，學園陷入嚴重的混亂……史洛來得及趕回去救援學園與夏洛特的危機嗎!?

各 **NT$220/HK$73~75**

歡迎來到實力至上主義的教室 二年級篇 1 待續

作者：衣笠彰梧　插畫：トモセシュンサク

來自White Room的刺客會是——
全新校園默示錄邁入二年級篇！

綾小路等人邁入二年級，第一場特別考試是一二年級生搭檔的筆試。必須與極具個性的一年級新生搭檔，並且若搭檔總分低於基準，將只有二年級生被退學！此外，綾小路還陷入若沒識破來自White Room的一年級生，就會立刻遭到退學的狀況——！

NT$240/HK$80

問題兒童的最終考驗 1~8 待續

作者：竜ノ湖太郎　插畫：ももこ

各自的紛亂時光☆問題兒童的過往追憶！
過去的追憶與宣告新篇的開始！

「問題兒童」一行成功戰勝了第二次太陽主權戰爭的第一戰——亞特蘭提斯大陸上的激鬥。像這種三人齊聚的平穩時間已經相隔三年——在這段期間中，眾人各自經歷了紛亂的日子。彼此交心的短暫休息時間過後，以箱庭的外界作為舞台的第二戰即將揭幕！

各 **NT$180~220/HK$55~75**

※疼愛妹妹是編輯的第一要務。

作者：弥生志郎　插畫：Hiten

責任編輯哥哥×輕小說作家妹妹
笑中帶淚、感動人心的熱血創作愛情喜劇！

巳月紘有個願意為她捨命的妹妹唯唯羽。但兄妹倆有個無法對外人道的祕密——唯唯羽是個（不賣座的）輕小說作家，紘則是她的責任編輯！「照這樣下去，編輯有可能會換人。我一定要哥哥當我的編輯才行！」可是，唯唯羽淨是寫些搞錯方向的無厘頭小說？

NT$230/HK$70

冰川老師想交個宅宅男友 1~2 待續

作者：篠宮夕　插畫：西沢5ミリ

超可愛的女教師×宅宅男高中生
祕密戀情再度升溫！

期中考快到了。我——霧島拓也開始瘋狂K書，卻因為過勞而病倒了。我的班導＆宅宅女友冰川真白老師基於擔心，提出了一個建議——「我搬到霧島同學家一起住——來舉辦K書集訓吧！」這樣確實很有效果……不對，這跟同居沒兩樣吧!?真的沒問題嗎!?

各 **NT$220~250/HK$73~83**

魔法科高中的劣等生 1~31 待續

Kadokawa Fantastic Novels

作者：佐島 勤　插畫：石田可奈

包括USNA、新蘇聯及另一名戰略級魔法師等國內外的各方勢力都想除掉達也!?

奪回水波之後，達也與深雪逐漸回到以往的日常生活。然而艾德華·克拉克在USNA的立場面臨危機，要避免這個結果只能除掉達也。此外，新蘇聯的貝佐布拉佐夫也在尋找復仇的機會。而另一名戰略級魔法師也鎖定達也！各自的想法在巳燒島交錯——

各 **NT$180~280/HK$50~80**

國家圖書館出版品預行編目資料

就算是有點色色的三姊妹,你也願意娶回家嗎?/浅岡旭作；Y.S.譯. -- 初版. -- 臺北市：臺灣角川股份有限公司, 2021.04-

冊；　公分. -- (Kadokawa fantastic novels)

譯自：ちょっぴりえっちな三姉妹でも、お嫁さんにしてくれますか?

ISBN 978-986-524-359-3(第3冊：平裝). --

ISBN 978-986-524-735-5(第4冊：平裝)

861.57　　110002182

Kadokawa
Fantastic
Novels

就算是有點色色的三姊妹，你也願意娶回家嗎？ 4（完）

（原著名：ちょっぴりえっちな三姉妹でも、お嫁さんにしてくれますか？4）

2021年8月25日　初版第1刷發行

作　者：浅岡旭
插　畫：アルデヒド
譯　者：Y.S.

發行人：岩崎剛人
總編輯：蔡佩芬
編　輯：彭曉凡
美術設計：莊捷寧
印　務：李明修（主任）、張加恩（主任）、張凱棋

發行所：台灣角川股份有限公司
地　址：104台北市中山區松江路223號3樓
電　話：（02）2515-3000
傳　真：（02）2515-0033
網　址：www.kadokawa.com.tw
劃撥帳戶：台灣角川股份有限公司
劃撥帳號：19487412
法律顧問：有澤法律事務所
製　版：巨茂科技印刷有限公司
ISBN：978-986-524-735-5